僕と君の最後の7日間

こんぺいとうと星空の約束

松崎真帆

ポプラ文庫ピュアフル

「なあ、これやってみようや！」

そう言って、少し日焼けした肌の少年が私の顔をのぞき込んでくる。真っ白な世界のなかで、彼の瞳だけがキラキラ輝いて眩しいくらいだ。彼の手には、ハードカバーの児童向け書籍。ポップな色合いで華やかだけれど、端が少しすり切れている。

「ほらこれ。めっちゃいいの見つけてん。一緒にやろうや、な？」

「『こんぺいとうのおまじない』……？」

「そう！『一日一粒、ねがいごとをしてこんぺいとうを食べると、そのねがいごとが叶う』んやって！」

「へえー」

「むつき、こんぺいとう好きやろ？　これやったら絶対できそうな気せえへん？」

「でもこれ『一年以上続けること』って書いてあるよ？」

「二人でやってたらそんなん、すぐやって！　むつきは何お願いする？」

「ええと……病気が治りますようにとか、こうきとずっと一緒にいられますように、とか？」

「ええ感じやん！」

「こうきは？」

「おれは……もう決めてるけど、ないしょ！」

「ええー？　何それ、ずるいよ」

不満いっぱいにふくれた私に、彼は笑う。

「叶ったら、教えるわ」

contents

一月九日 1粒目……7
一月十日 2粒目……55
一月十一日 3粒目……103
一月十二日 4粒目……143

一月十三日 ✽ 5粒目……173
一月十四日 ✽ 6粒目……217
一月十五日 ✽ 7粒目……261
一月三十日 ✽ ?粒目……291

一月九日 1粒目

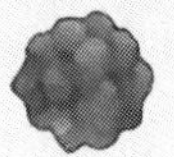

　大事な用事を済ませて一息ついていた昼下がり。半年ぶりに帰省した実家のインターホンが鳴った。手が離せないのか、キッチンにいる母が「睦月ごめん、出て」と声をかけてくる。私は「わかった」と答えて、受話器を取った。朗らかな声が聞こえてくる。

「こんにちは、シロネコ宅配便です。北野睦月さん宛のお荷物をお届けに参りました」

「え？」

　荷物？　私に？

　思い当たる節がまるでないけれど、放っておくわけにはいかない。私は「わかりました」と答えて受話器を置いた。玄関に置いてある印鑑を手に、外に出る。宅配便のお兄さんが笑顔で私に小さめの箱を差し出してきた。

「北野、睦月さんですね。こちらに印鑑お願いします」

「あ、はい……」

　伝票に目を落として、ぎくりとした。見覚えのある文字だったからだ。そんなわけがないと思いながらも、じっとりと汗が滲んでくる。

「あの……？」

　訝しげな様子のお兄さんにハッとして、慌てて印鑑を押した。「ありがとうございます！」と言って彼は一番上の伝票を剝ぎ取り、荷物を私に手渡してくる。笑顔で去っていくその姿を追うこともできず、私の目は伝票に釘付けになっていた。

　忘れもしないその文字は、『彼』のものだ。

差出人は見知らぬ名前になっているけれど、私にはわかる。見間違えようがない。

震える手で抱えた荷物は、思いのほか軽かった。隠すように胸に抱き、玄関から自分の部屋まで駆け上がる。私の足音を聞きつけてか、母が階下から声を投げてきた。

「睦月ー？　何だったのー？」

「あ、と、友達から！　何か、送ってくれたみたい！」

我ながら苦しい言い訳だ。けれど、多少の不自然さは勢いで押し切るしかない。何しろ自分でも、まだこの事態をうまく処理できていないんだから。

母のリアクションは「そう、お礼言っておきなさいね」なんて明るいものだった。助かったけれど、きっと母にだって私の抱える荷物は予想もつかないだろう。

自分の部屋に滑り込むと、ふうーっと、詰めていた息を吐き出した。手にある荷物に意識を奪われていたからだろうか。じわじわと、心臓がうるさく主張し始める。

私が家を出てから誰も使っていないこの部屋は、時が止まっているみたいだ。子どもの頃から使っていた勉強机に収納付きのベッド。少し隙間がある本棚と、無理言って買ってもらった小さめのソファ。その向かい側には小さなクローゼットの扉とスリムな姿見がある。ソファの前には丸いラグを敷いていて、コンパクトな折り畳みテーブルがその上に置いてある。

荷物をテーブルの上に置いて、部屋のカーテンを開けた。窓の外の景色も、ほとんど変化はない。山につながる木々の隙間から、畑や田んぼが見える。今は寒々しいけれど、あの辺りには稲川に流れ込む小さな小川があった。今でも初夏には、蛍が見られるはずだ。

ひんやりと冷たい外の空気を吸い込めば、少しは冷静になれるかもしれないと思ったけれど、あんまり効果はなかった。それでも大きく深呼吸を繰り返す。その後、窓を閉めてラグの上に座り込んだ。

改めて、荷物と向き合う。外の音が耳に入ってこないほど、心臓の音がバクバク響いてうるさいくらいだ。こんなに静かな部屋なのに。

……彼のはずがない。だって、彼はもう……。

そう思うのに気持ちがはやり、小包の包装を乱雑に剝ぎ取ってしまう。包装紙を剝がすと厚紙でできたシンプルな箱が出てきた。開くと、手紙と緩衝剤で包まれた小さなビンが入っていた。外側から見ても何かカラフルなものが入っているとわかる。

ビンは後にして、手紙を開く。あの頃と変わらない、几帳面な文字が並んでいた。

『一日一粒、食べて。食べ終わったら、約束の場所に来て欲しい。』

ぶわっ、と。言いようのない感情が溢れ出した。激しい波が心を飲み込んでいく。

メッセージとともに記されていた差出人の名前は、やはり『早瀬光輝』とあった。懐かしい。心から離れない、大切な名前だ。その彼からの、贈りもの……。

「……なんで……?」

言いながら、涙が出そうになった。もう、いないはずの光輝が、どうやって私に贈りものをしてくるっていうんだろう。

思い切り剝がした包み紙を手繰り寄せ、宅配便の伝票を確認した。送付の指定日は今日。受付日は一昨日になっている。

光輝の書いた文字を目で追うだけで、『睦月』と……たった今、呼びかけられたみたいに感じる。彼の笑顔が鮮やかに浮かんでくるみたい。まるで私の強がりや虚勢を剝がしてほどいていくかのよう。思いがけず彼の欠片に触れてしまうだけで、こんなにもたやすく引き戻されてしまう。昔から今もずっと、私の心をこんな風に揺さぶるのは彼しかいないことを、今更ながらに実感した。

滲みはじめた視界のなかで、手紙の文字が躍る。懐かしい、几帳面な文字をなぞりながらも、思考はめぐっていた。

約束って、何のこと？　それに……一日一粒って？

疑問に思ったところでハッとして、同梱されていたビンの包みを剝がす。かわいらしいビンのなかには、金平糖が七粒入っていた。ふいに、過去のやりとりを思い出す。

「まさか……あのおまじないの、こと？」

でもあれは子ども騙しの、本当に願いが叶うなんて到底思えない類いのまじないだ。それに一年以上続けるのが条件だったはず。でもビンのなかには七日分しかない。どうして七日分なんだろう……と考えて、気がついた。

六日後は、私の誕生日だ。わざわざ誕生日に約束の場所に来て欲しい、なんて……何か、理由があるとしか思えない。

それとも夢は夢で、おまじないの期間も一週間の間違いだったとか……？　もう十年も前のことだ、思い出せるはずがない。確かめるすべもない。それでも私は何かに導かれるようにビンのふたを開けていた。

光輝がくれた最後のメッセージ。その『約束』が何のことを指すのか、どこに行けばいいのか、全然心当たりがない。でも彼が言うからには何かあるはずだ。私が、忘れているだけで。

知りたい。どうしても思い出したい。ううん、思い出さなくちゃ。

だって、光輝が残してくれた『約束』だ。彼を失って後悔しかなかった私に、チャンスが与えられたみたい。もう光輝のことで後悔なんて、何一つしたくない。私と彼にとって、『約束』は絶対だった。光輝がいない今、私がちゃんと……その『約束』を、果たさなくちゃならない。

使命感に駆られて、小さな金平糖を一つ、指でつまんだ。

窓に向けて金平糖をかざしてみる。小さく微かな影が顔に落ちるだけの、何の変哲もない金平糖だ。口にするのは、いつぶりだろう。

一日一粒、光輝の言う通りに食べれば……彼の『願いごと』が叶うんだろうか。そして秘密だと笑っていたその内容が、わかるんだろうか。

今の私には、彼が残したこの金平糖だけが頼りだ。それに、このさかき坂で過ごしていれば、彼との日々をもっとちゃんと思い出すことができるはず。そうして記憶と向き合っていけば、最後の日……私の誕生日には、きっと『約束』の意味もわかるに違いない。今は、そんなわずかな可能性に賭けるしかない。

ドキドキしながら、金平糖を口に入れた。噛まずに舌の上に転がすと、ほどけるような砂糖の甘味が広がって、溶けていく。

瞬間、視界がぐらりと、大きく揺れた。

「……んん……？」

くらっと、めまいがした。どうしてだろう。金平糖を食べただけなのに。

不思議だなあと思いながら頭を振る。気分は、悪くない。気のせいだったのかな……と目を開けたところで固まった。

ここ、どこ？

目の前が真っ白だった。違う。白い壁と、白いカーテン。白いベッドに、白いシーツ……すべてに見覚えがある。ううん、覚えている。ここは、私が……子どもの頃入院していた病院……。

「むつき！」

「っ⁉」

私の名前を呼びながら、駆け込んできたのは。

「遅なってごめんな、日直やったから」

「……こう、き……⁉」

『彼』だった。ランドセルを、背負った姿の。

状況を把握できなくて、呆然とするしかない私に向かって、光輝は嬉しそうに笑った。

「今日の給食のパンな、黒糖パンやってん。めっちゃ人気やったけど、じゃんけん勝ったからむつきにおみやげ。ないしょやで？」

誇らしげにパンを差し出してくる彼を、見つめ返すことしかできない。だって、悪戯っぽく笑う光輝の姿はどう見たって小学生そのものだ。話の内容だってそう。子どもの頃にあった出来事と同じで。

いったい、何がどうなっているの……？

目の前の光景を受け止められないくらい混乱の最中にいても……私の心は、喜びを抑えきれなかった。

光輝がいる。笑っている。私を呼んで、笑いかけてくれている。もう二度と会えないと思っていた彼が……目の前に、いてくれる。

「むつき？」

「……っ、ううっ……！」

自然と、涙が溢れてきた。これは光輝だけれど光輝じゃない。きっと私の願望が形作った夢なんだ。それでも、光輝とこうしてまた会えた。嬉しくないはずがない。

泣き出してしまった私の顔を、彼が覗き込んでくる。

「むつき？　どうした？　しんどいんか？」

「う、うーっ……光輝ぃっ……！」

違うの。ここに、光輝がいてくれることが嬉しくて勝手に涙が出てくるんだよ。

泣きながら、その姿に手を伸ばす。驚いた表情をしながらも、光輝は私を受け止めてくれた。彼の小さな体を引き寄せるようにぎゅっとしがみつく。

「光輝っ……光輝ぃ……！」

「むつき？　ほんまどうしたん？」

うろたえている光輝の小さな手が、私の額に触れてくる。額いっぱいに温かい感触が広がった。

「熱はなさそうやねんけどな……。どっかいたいん？　先生かかんごしさんか、呼んでこよか？」

首をひねる彼の顔が近い。いつもこんな風に心配してくれたことが不意に思い出されて……懐かしさで胸が熱くなる。小さな光輝の心配そうな眼差しが、成長後のそれと重なってまた涙が溢れた。

「だい、じょうぶ……っ、だから……」

「ええ？　ほんまに？」

「うん……っ、だから、もうちょっとだけ……っ」

ぎゅうっと、彼の体を抱きしめる。こんな大胆なことができるのは、夢のなかだからだと思う。温かいぬくもりが伝わるのと同時に彼の微かな息遣いも感じられて、ますます〝今ここにいる〟光輝を実感する。

ごめんね光輝。こんな小さな頃からずっと、こうして私のそばにいてくれて、本当にありがとう……。

心のなかで謝罪と感謝を繰り返す。光輝は私をなだめるようにそっと背中を撫でてくれている。私の手は光輝の背中にしがみついているような形だ。彼のぬくもりに、匂いに、安心する。……と、同時に、おかしい、と思った。こんなに幼い光輝なら、大人の私の体だったらすっぽり包み込めるはず。なのに、今私は、彼の小さな背中を妙に広く感じている。

あれ……？　そういえばさっきも、光輝の小さな手が私の額を覆っていたような。

まさか、という思いで目を落とす。光輝の肩越しに見える自分の手は、光輝のそれよりさらに小さかった。

な、なんで……!?　私まで、小さくなってる……!?

驚きのあまり声も出ない私に、光輝は心配そうにたずねてきた。

「むつき、大丈夫か？　泣き止んだ？」

「あ……ええと、うん。大丈夫……」

びっくりしすぎて、涙も止まったらしい。何が大丈夫なのかわからないまま小さく頷いて、彼の体を解放する。至近距離にいる光輝は何の迷いもなく「よかった！」とホッとしたように笑った。その表情を見ていると、胸が切なく締め付けられるようだ。

光輝はこんな小さな頃からずっと、光輝だったんだな。いつでも私の体を心配してくれていた。初めてこの病院で出会った時からずっと。いつも私を気遣って、どんな時も『むつき、大丈夫？』って……。

また、鼻の奥がツンとした。涙腺が壊れたみたいに、いくらでも涙が出てきそうだ。

成長するにつれて曖昧になっていくばかりの子どもの頃の記憶が、小さな子どもに戻ってしまっている自分と光輝によって、鮮明に再現されているみたいだ。

ああ、そっか。もしかするとこの状況は、光輝からの贈りものに舞い上がった私の心が見せている、夢なのかもしれない。現実があまりにも過酷だから、夢だけでも……幸せな頃に戻りたくて。

もしこれが、夢でも。ううん、夢だからこそ。あの頃の私じゃ言えなかったことを、伝えるチャンスかもしれない。

こんな言い訳じゃないはずだ。あの頃の光輝に……今の私が伝えたいことは。

「私ね、光輝が持ってきてくれるパンとかお菓子とか、いつもすごく楽しみにしてたんだ。

これも、すごく嬉しいよ。光輝……私と友達になってくれて、本当にありがとう」

私が小さな光輝に伝えたいのは、感謝の気持ちだった。

ずいぶん昔のことではあるけれど、この頃の私には同年代の友達がまったくいなかった。東京から引っ越してくる前も後も、学校にはほとんど行けていなかったから、お見舞いに来てくれるような親しい友人関係を築くことなんて難しくて。でも病院で見かける子どもたちの輪に入っていくような勇気もなくて。

普通の子と同じように過ごせない、両親や祖母としか触れ合うことのなかった自分は、他の子どもたちとは違うんだと感じていたのかもしれない。

学校に行きたくても行けない。友達が欲しくても作れない。外に遊びに出かけたくても出られない。だから、いつもどこかで諦めるしかなくて、それでもやっぱり寂しくて。

そんな時にたまたまこの病院で……光輝に出会った。

私の人生で最大の幸運は、きっとあの瞬間に違いない。

「いつも……私のこと、大事にしてくれてありがとう。光輝に出会えて本当によかった。今、こうして光輝に会えて……めちゃくちゃ嬉しいよ……」

涙と一緒に、ぽろぽろと言葉が零れ落ちた。もう会えないはずの光輝に会えた。元気に笑ってくれている。私を喜ばせようとお土産を持ってきてくれた。十分すぎるくらい、幸せな夢だ。

それと同時に、また一つ、後悔が増えた。どうして過去の私はこの幸せを、もっと噛みしめなかったんだろう。この瞬間がどれだけ貴重なことかわかっていたら、あんな嘘、つけるはずもないのに。

……全然、わかっていなかった。自分のことで精一杯で、先のことなんて、何も考えられなかった。

「どうしたん、いきなり……」

目の前にいる光輝は、少しだけ困惑したような……ううん、照れたような表情をしている。正面切って感謝を伝えた私の言葉が、むずがゆく感じたのかもしれない。

「本音だよ。光輝に出会えて、一緒にいられてよかったって、心から思ってるから」

涙ぐみながらでも、笑ってみせる。私にしては素直すぎるし大胆だ。わかっていてもするすると言葉が零れ落ちるのは、きっと『夢のなかだから』。これが現実だったら、絶対に口には出せないと思う。

今度こそ本当に赤くなってしまった光輝は、目を伏せて頭をかいた。

「……ほんまどうしたん、いつもとちゃう感じでなんか調子くるうわ」

「そうかな？」

「うん」

頷いた後で、「でも」と言って私をまっすぐ見つめ返してきた。

「おれも、いっしょやからうれしい。おれと友達になってくれて、ありがとうな、むつき」

普通の男の子だったらたぶん、こんなにストレートな返事はくれないだろうなって、今なら思う。ちょっと照れながらでも、目を逸らさずに伝えてくれる誠実さが懐かしくて、胸が勝手にときめいた。

本当に……光輝はこんなに小さな頃から変わらない。まっすぐな気持ちにまっすぐ返してくれる。嘘のない眼差しが魅力的で。だからいつも周りには人が集まるし、みんなに好かれるんだろう。

今日だって、たくさんの人が光輝を見送りに訪れていた。それはすべて、彼の人柄のなせる業だと思う。

ふいに、遠くから夕方五時を告げる音楽が聞こえてきた。ハッとしたように光輝が時計を見て、ランドセルを引き寄せる。

「あ、もう帰らな。みなみが待ってるし」

「みなみちゃん？」

みなみちゃんは光輝の妹だ。光輝の出した名前の候補は採用されなかったけれど、参考にはしてもらったんだって力説していた、あの。今日見た彼女は制服姿で、ずいぶん大きくなっていた。

「うん。もう二歳やし、だいぶしゃべるで。おれのこと『にーに』って呼んでくれるし」

「……かわいいね」

「うん。めっちゃかわいい」

ほわっと、光輝の表情が崩れる。そんな顔で接してもらえるみなみちゃんはきっと、幸せだろう。

　きっと昔の私だったら、羨ましくてたまらなかったはず。小さな嫉妬が芽生えていたかもしれない。だって、意識しなくても心の底では思っていたもの。光輝に、一番に思われたいって。

　昔を思い出して複雑な思いの私に、ランドセルを背負った彼は向き直ると……すっと、手を伸ばしてくる。その手の小指が、しっかりと立っていた。

「じゃあまたな、むつき。明日はみなみと遊ぶ約束してるから、あさってまた来るわ」

　指切りの、約束。懐かしさにめまいがする。夢のなかだからって、こんなことまで再現されるなんて。

　光輝はいつも帰る間際に必ずこうして私と指切りをしてくれた。もう光輝はここに来てくれないいんじゃないか。私の独りよがりなんじゃないか。そんな、たった一人の友達を失う怖さに怯える私の気持ちを知っているかのように、しっかりと指を絡ませて。

　病気に負けてしまうんじゃないか。光輝にはもう、二度と会えないんじゃないか。そんな不安を吹き飛ばすかのように、ぎゅっと強く、私の小指を握ってくれた。

「うん……また」

　恐るおそる、あの頃の感覚を思い出しながら手を伸ばす。しっかりと絡んだ指と指が、ぎゅっと、意志を持って結ばれる。

「ゆびきりげんまん、うそついたらはりせんぼんのーます、ゆびきった」

恒例になった音頭を二人でとって、光輝はニッと笑った。

「じゃあまたあさってな！」

そう言って、彼は元気よく手を振りながら病室を出て行った。

まだ幼い彼の笑顔は、大人に一歩近づいた頃の彼と同じように、私に安心をくれた。

指切り拳万、嘘ついたら針千本飲ます、指切った……こうして成長してから聞くと怖いくらいの約束の重みを、光輝は知ってか知らでか、必ず守ってくれていた。それはこの後もずっと。私が悲しむことのないように、心を配ってくれていた。

私たちにとって、指切りの約束は絶対で、特別だった。

そして彼は、言えないことはあったかもしれないけれど、嘘だけはつかなかった。なのに高校三年生の冬、私は光輝にたった一度、嘘をついた。何度謝っても足りないくらい、残酷な嘘を。

光輝が出て行った後の病室を驚くほど冷たく感じる。長い間忘れていた孤独と恐怖がぶり返してくるかのようだ。

私はもう二十歳を迎える大人で、健康で何不自由なく暮らしていて、もう怖いものなんてないはずなのに。それでもこのしんとした場所にいると、心細くて死にそうになる。

どうして今更こんなことを思うんだろう。実際、小学生の頃は……何もかも平気な顔をして、笑っていたはずなのに。

ふと、ベッドサイドに目をやった。そこにはコップや日用品の他に、なんとなく見覚えのある本が何冊か積まれている。そのなかに……夢で見た『おまじないの本』があった。

「うそっ……！」

反射的に手を伸ばし、その本をつかんだ。上に積み重なっていた本が崩れて落ちたけれど、気にせずに本を開く。すぐに折り目がついたページがあることに気がついた。心臓が早鐘を打つ。外れようがない予感を胸に、私はそのページを開いた。

『こんぺいとうのおまじない』

ポップな書体のタイトルが目に飛び込んでくる。

「夢じゃ……なかったんだ……！」

なぜかぼやけてきた視界のなかで、おまじないのやり方が書かれた文章を必死に読む。

『願いごとをしながら、金平糖を一日一粒食べる。毎日欠かさず、一年間以上続けること』

今朝の夢と相違ない。やっぱり、という思いと、どうして？　という気持ちが同時に湧き上がってきた。

願いを叶えるには少なくとも一年かかる。なのにどうして、光輝は私に一週間分の、七粒しか送ってくれなかったんだろう？

くらっと、またしてもめまいがしてベッドに倒れ込んだ。体の疲労じゃなくて、別の何かが働いたみたいな……ふっと力が抜けてしまうような感じだった。

白い天井を見上げてから、そっと目を閉じる。胸にはおまじないの本を抱いたままだ。本の重みを感じながら、抗えない瞼の重さに身を任せた。

夢のなかなのに眠ってしまいそうなんて、変なの。

そこまで考えて思わず漏らした笑み。それが引き金になったのか、私のすべてだったこの白い世界に、光輝という鮮やかな光が飛び込んできた時のことを、また、思い出した。

「なあ、ちょっと聞いてくれへん？」

そんな風に、初めて声をかけてもらったのは入院していた病院の待合室でのことだった。

もう何度も読み返して内容を覚えてしまっている絵本を何気なく開いていた私の横に、彼はすとんと座った。そして私の返事も聞かずに、「もうすぐ妹が生まれんねん」と嬉しさを隠しきれない様子で打ち明けてきた。

お母さんの検診に付き添ってこの病院に来たという彼は、まだ見ぬ妹への期待感を爆発させた。

「生まれたら抱っこさせてもらうねん、楽しみやなあ」

「そうなんだ……」

足を軽くパタパタさせながら話す彼は、ずっと笑顔だった。興奮が私にまで伝わってくるみたいで、何だかドキドキしたのを覚えている。

正直に言うと、きょうだいのいない私にとって話の内容はピンとこなかった。でも初対面で、しかも同世代の男の子がこんなにも幸せそうな顔を見せてくれて、私に対してまるで親しい友達かのように話しかけてくれることが単純に嬉しかった。病院にこもりきりの生活が続いていた私には、彼のすべてが新鮮に映った。

「名前もな、おれが考えたやつになるかもしれへんねん。すごいやろ？」

「う、うん……すごいね」

それなのに私ときたら、うまく返事ができない。こんなことじゃ、つまんないやつだって思われてしまう。せっかく話しかけてもらったのに……。そんな風に思って、でも何を言っていいかわからなくて、歯痒かった。

彼はそんな私に気づいているのかいないのか、キラキラした目で会話を続けた。

「やろ!?　あー、妹ってどんなんやろ。クラスの奴に聞いても『全然かわいいない』とか言うんやで。信じられへんわ。おれ、絶対かわいがるのに」

「クラスって……学校の？」

「そやで。さかき坂小。自分は……って、名前何やったっけ？」

「きたの……むつき。あなたは？」

自分に対して壁を作らずに話しかけてくれる男の子の存在が、嬉しかった。だから必死に話を聞いて、一生懸命会話が続くように頑張った。

今なら、変に無理して頑張らなくても大丈夫だったと思える。だって彼はきっと、相手が私でも私じゃなくても、きっとこうして分け隔てなく接してくれたと思うから。

「おれ？　はやせこうき！　むつきは、さかき坂小ちゃうん？」

「そうだけど……全然行けてないから」

「何年何組？」

「三年。二組だったと思う」

「マジで!?　おれ三年一組やで。同い年やん」

「本当だ、すごいぐうぜんだね」

話しているうちに、やっと緊張がほぐれて、少しだけ笑えるようになった。そんななか、彼が……光輝が何かに気がついたように「あれ？」と言った。

「自分、関西弁ちゃうん？」

「あっ……！」

夢中になって、忘れていたんだ。この頃の私がうまく他の子たちの輪に入れなかった理由を。

それが、言葉の違いだった。初めて行った学校で、緊張しながらもクラスの子たちと話していたら、近くにいた男子たちがいきなり爆笑して、『こいつのしゃべり方めっちゃ変やー！』なんてからかってきて。そこからみんなと違うことが恥ずかしくてたまらなくなった。その後も数回登校したけれど、誰にも話しかけることができなかった。話しかけられても言葉が気になって何も言えなくなってしまう私に、クラスメイトはわかりやすくよそよそしくなっていった。

そんな、苦い思い出が瞬時に甦ってきて、恥ずかしさのあまり両手で口を覆って俯いた。きっと変だって思われた。もうダメだ。絶望的な気分だった私に、落ちてきたのは優しい声。

「かっこいいしゃべり方やなあ」

「え……？」

「めっちゃいいやん！　芸能人みたいや！」

たぶん光輝にとっては、何気ない一言だったんだろうと思う。誰にでも優しくて公平だった彼からすれば、当然のリアクションだ。

でも、私が受けた衝撃は、計り知れなかった。

顔を上げて彼を見る。光輝は私を気遣って嘘をついたわけじゃなくて、心からそう思っているとわかる笑顔で私を見つめていた。その眼差しの優しさに、頑なになっていた心がほどける。

まだ幼い私には、難しいことはわからなかった。それでも、心からホッとした。そしてただただ嬉しかった。それが受け入れられたと実感してのことだと理解したのは、もっと後のことだ。

たった一度、出会ったばかりの男の子に、褒められた。

それだけなのに、ずっと凝り固まっていたコンプレックスがこんなにも簡単に……すうっと自然に消えていくなんて、思いもしなかった。

光輝。私にとって、誰よりも何よりも、大切だった男の子。

失った今だからこそ、余計に実感する。最初に出会った時からきっと、彼は私にとって特別だったんだと。


みなみちゃんが生まれてから数日間、まるでそれが日課のように、私たちは待合室で話をしていた。実際は、私の方がこっそり光輝を待ち伏せしていたのだけれど。

「えっ、むつき友達おらんの？」

「そ、そんなはっきり言わないでよ！」

子どもだからこその直接的なもの言いに、泣き出しそうになった。

「今は調子がいいからここまで来られるけど、それまではベッドから下りちゃダメって言われてたんだもん。こっちに来てすぐ入院になっちゃったし、病院からはもちろん出ちゃダメだし、学校もほとんど行けないし……友達つくるなんて無理だったんだもん」

言い訳しながら口を尖らせる私に、光輝は言った。

「じゃあおれと友達になったらいいやん！」

「えっ」

誰にも言われたことのない申し出に、私は固まるしかなかった。

「むつきは病院から出られへんのやろ？　じゃあおれがむつきのとこ来たらいいだけやし。ここ、学校から帰るとちゅうやから全然いけるわ」

昔、もっと小さい頃に東京で遊んでいた子たちは、お母さんに連れられて『また来るね』と言ってはくれても本当に来てくれることはなかった。『友達』といっても、そう深いものではなかったのかもしれない。

「友達になろ、むつき。おれじゃあかん？」

この人は、どうだろう。

みんなが気を遣って次の約束の嘘をつく。でもこの人は、毎日のように待合室で私を見つけてくれる。声をかけてくれる。話してくれる。笑ってくれる。この人は……きっと、嘘をつかない。

「……あかんく、ない」

ようやく吐き出したのは、光輝の関西弁に影響された、変な答えだった。素直に『私も友達になりたい』って言えるような自分だったら苦労しない。

それでも光輝は大きく息を吐き出して、「よかったあー」なんて本当にホッとしたような顔をしてくれた。

光輝も緊張していたのかもしれない。それなのにあんな風に言ってくれた。体が弱くても、みんなと同じように遊べなくても、それでも友達になってくれるって。そんなことがあるなんて。

「あれ？　むつき、泣いてる？」

「っ、……泣いて、ないもん……」

「ええー!?　なんで泣くん、おれ何かした!?」

「何も……してない……っ、ぐすっ……」

「やっぱ泣いてるやんか！」

焦っておたおたしているこの時の光輝は、私の涙の意味を知らない。

ずっと欲しかった、友達。それが、こんな形で。いとも簡単に、彼は私の一番弱いところを包んでくれた。

私はいつも不安だったんだ。病気について本当のことを言わない両親にも、義務みたいに来てくれた『友達』にも、かわいそうにって感じの目を向けてくる周囲にも。本当の気持ちなんて一度だって言えなかった。

誰もいないところに逃げたいって思うことだってあった。でもできなかったのは、本当はまだ……きっと全然、何もかも諦めきれていなかったからだ。

光輝と出会って友達になれたことで、初めて自分の素直な気持ちを、知ったんだ。

閉じていた瞼から、涙が溢れて目尻から流れる。

耳のそばまでつうっと流れて、気持ち悪さに目が覚めた。と、そこに飛び込んできたのは見覚えのある天井。淡いピンクがかったこの色は……私の部屋、だ。

がばっと起き上がると、見慣れた自分の体が目に入る。

両手も同じだ、さっきまでの小さな爪とはまるで違う、桜色のネイルが施された『女』のもの。この前、衝動買いした綺麗な色。じゃ、なくて。ええと。今……ここにいるのは。

部屋に置いていた姿見の前に立つ。やはりそこにいるのは、もうすぐ大学三年になる、自分の姿だった。

「さっきのは……？」

自分の頬に手をやる。いつも通りの感触だ。

髪、鼻、唇、首……確認するように、自分の体に触れてみる。その間、鏡は私が思うままに適当に動かした手をそのままに映している。

「やっぱり、夢だったんだよね……」

ふいに溜息が漏れた。さっきまで見ていた幸せな記憶と自分が今いる状況とのギャップのせいだ。あれは、小学生の頃の私たち。『ずっと一緒』を信じて疑わなかった頃の話だ。

あの会話が実際に起こったことだったかどうかは定かではないけれど、あの白い空間で彼とたくさんの時間を過ごしたことだけは間違いのない事実だ。

夢だから、と素直になれたはずなのに。もう一度、光輝に会えたことが嬉しくて、夢だとわかると途端に寂しい。勝手だな、本当に。

自嘲しながら、ラグの上にへたり込んだ。テーブルには光輝からの手紙と、金平糖のビンがある。

これは夢じゃなかったんだ。よかった。

甘い金平糖の味が広がった後に見た、切なくて嬉しい夢のことを思い返して泣きそうになる。二度と会えない彼が、いなくなってしまう前に私に宛てて送ってくれた手紙と贈りもの。その意味を、早く知りたい。

もう一度、幼い光輝が見せた表情のすべてを反芻した。

黒糖パンを差し出した時の誇らしげな顔。私を気遣ってくれる心配そうな顔。少し照れた時の赤い顔。そして……指切りの時の、とびきりの笑顔。

光輝と一緒にいたすべての時間が、私にとっては宝物だった。失ってからますます濃くなる喪失感が、私に現実を突きつける。

でも、小さな彼と絡ませた指の感触があまりにリアルで。

指切りの約束は絶対に守る。私と光輝の決まりごと。

「じゃあまた、か……」

たとえ夢のなかでも、叶わない約束をしてしまった後悔が、ちくりと胸を刺した。

「睦月ー、お父さん帰って来たわよー」

階下から、母の声がした。思い出に浸っていた心が、一気に現実に引き戻される。

「はーい」

　そう答えて、立ち上がる。私が帰って来ている今、勝手に部屋に入られることはないと思うけれど……念のため、手紙と金平糖のビンを箱のなかに戻し、ベッド下の引き出しに隠した。包装紙と送り状も小さく畳んでそこに押し込める。手早く片付けて、父の待つリビングへと向かった。

「お父さん、おかえりなさい」

　上着を脱いで、ネクタイを外していた父に声をかける。私の声に振り返った父が、表情を緩めた。

「睦月もおかえり。大丈夫だったか？」

「うん」

「体の方はどうだ？」

「大丈夫」

　頷くと、「そうか」とホッとしたような息を吐いた。そこに母が入って来て、父の上着とネクタイを受け取りながら言った。

「二人ともお腹空いた？　もう夕食にしちゃっていいかしら？」

「ああ、頼むよ」

「おばあちゃんもそろそろいらっしゃる頃だと思うわ」

「そうだな。じゃあ着替えてくる」

「早くね。せっかく睦月が帰って来てるんだから」

二人とも、私に気を遣ってくれているんだろう。いつもより明るく振る舞ってくれている。会話に水をさすのも悪いので、私はそっとそこから離れてダイニングテーブルに着いた。すでにランチョンマットやお箸が並べられている。と、そこでインターホンが鳴った。

「おばあちゃんじゃないかしら？　睦月、出てくれる？」

「わかった」

立ち上がって、玄関に向かう。受話器を取るよりそっちの方が早いと思ったからだ。外に出ると、門の向こうに小さな頭が見えた。

「おばあちゃん、いらっしゃい」

声をかけると、私に気づいて祖母が顔を上げた。昔から変わらない、優しい笑顔に心がほぐれる。

「睦月ちゃんがお迎えやなんて、嬉しいねえ。元気しとった？」

「うん。おばあちゃんも元気そうでよかった。入って、お父さんもさっき帰ってきたからちょうどよかったよ」

「へえ、グッドタイミングっていうやつやね」

言いながらちょこっと舌を出しておどけてみせる祖母に、思わず笑ってしまった。祖母の前ではあまり気を張らなくて済む。

父方の祖母もこのさかき坂で暮らしている。父方の祖父は私が生まれてすぐに亡くなったから、あまり記憶がない。夫婦仲がよかった分、祖母の落ち込みは激しかったようだが、私たちがこちらに越してからはその素振りは見せなくなった。

同居の話も出たそうだが、「こんだけ近ければ十分やわ。お父さんと暮らしたこの家を出たくないんよ」と言って固辞したらしい。

祖母らしいなと思う。穏やかで優しい雰囲気ながら自分が決めたことは頑として譲らない、芯の強い人だから。

夕食は手巻き寿司だった。海鮮がたっぷりで華やかだ。手毬麩のお吸いものが添えられていた。

晩酌好きな父が私に「ビール飲むか？」と言ってくれたけれど、母が止めた。

「睦月はまだ十九歳でしょ。早いわよ」

「あと数日だろう？」

「ダメです。お酒は二十歳になってから」

母は、こういうところは頑固だ。無理して飲もうという気はなかったので、大人しく母に従う。父が私にと差し出したグラスは祖母が受け取った。父の家系は全員けっこうな酒豪らしい。

「誕生日よりも先に成人式か。着付けとか、朝早いんだろう？　予約は何時だったかな？」

「七時だってば。もう、何回言っても覚えてくれないんだから」

呆れたような口ぶりだけれど、どこか楽しそうに見える母。その隣で笑う父も同じだ。

この帰省の当初の目的だった成人式は、三日後。母から「おばあちゃんも楽しみにしている」と言われてしまっては断れなかった。着物選びや着付けの予約といった準備はスマホでやりとりし、ほとんど母に任せた。

「それにしても早いなあ、睦月ももう二十歳か」

「そうね。本当に……」

しみじみと語る両親の目は少し潤んでいた。

今、彼らの目には、きっと幼い頃の私が映っている。体が弱くてたくさん心配をかけた私を思い出すと感慨深いんだろう。こうして元気に大人になっていく私がいることは、入退院を繰り返していた頃には、たぶん想像もできなかった未来なんだと思う。

未来。光輝にもあったはずの。

当たり前だと思っていたこの先のことが、途端に暗く思えてしまう。

「睦月ちゃんは、頑張り屋さんやからね。天が見守ってくれてはるんよ」

ふいに祖母が呟いて、私は思わずそちらを見た。目が合うと、穏やかに微笑み返してくれる。母が「たしかにそうよね」と言って話を引き取った。

「無理だって言われてた大学にもちゃんと入れたし」

「それは睦月の頑張りだろう。大学はどうだ？」

「え？　あ、うん。普通だよ。通学にも慣れたし」

大学までは自転車で二十分もかからない。ここと違ってアップダウンも少ないし、苦はなかった。

「友達はできた？」

「うん。いつも一緒にいるグループはあるよ」

最初に声をかけてくれた同じ学部の子が所属している大所帯のグループだ。アクティブで能動的な子が集まっているせいか、いろいろなイベントに誘ってもらうことも多い。出席率は半分くらいだけれど。

「やりたいって言ってた、勉強の方は？」

「……大丈夫。単位もちゃんと取れてるし」

やりたいことがあった。だから今の大学を選んだ。そのために受験もめちゃくちゃ頑張った。

でも今は、あの頃の情熱はどこかに行ってしまって、ただ日々を何となく過ごしている。

そもそも、両親は私が東京の大学に行くのには反対だった。一人暮らしで何かあったらどうするの。遠方なんて不安で仕方ない。って、最初の頃はしょっちゅう電話がかかってきていた。

それでも今はこうして認めてくれているんだから、感謝しなければいけないとわかっている。

明るい空気のなか、夕食を終えた。食後のお茶をゆっくり飲んでから、祖母が帰り支度を始める。家が近いから、ここに泊まっていくことはほとんどない。

「睦月ちゃん」

手招きされてそばに行くと、手をきゅっと握られた。

「何かあったら、いつでもおばあちゃんとこおいでな」

「何か……って？」

「何かは何か。ないんやったらええの。それからこれ」

「え？」

祖母が私に差し出したのは、赤いリボンが結ばれた手のひらサイズの小ビン。そこに入っていたのはカラフルな金平糖だった。

あまりにタイムリーすぎて何も言えなくなった私に、祖母は優しい声で言う。

「小さい頃、好きやったやろ？　懐かしい思て、買うてきたんよ。よかったら食べてな」

「う、うん……」

「ほんなら、帰るわ。今日はありがとうね」

小さな子どもにするみたいに、祖母は私の頭を撫でた。温かくて優しい。そのぬくもりは、昔から変わらない。

心がほぐれるような微笑みを残した祖母の背中を見送っていると、ひょい、と手元をのぞき込まれた。

「あら、なあに？　それ」

母だった。突然、すぐそばで声をかけられたからびっくりして固まっていると、彼女は祖母からもらったビンを見て目を見開いた。

「金平糖？」

「小さい頃好きだったでしょって、くれたんだよ」

「おばあちゃんが？」

「うん」

私の答えに納得したのか、ふっと空気が和らいだ。そして何か思い出したのか、「懐かしいわ」と呟いた。

「睦月の大好物だったのよ」

「そう、だったっけ？」

「そうよ。形かしらね、お星様だって言って、こればっかり欲しがった時期があったわ」

「覚えてないや……」

正直にそう呟くと、母は苦笑いで返してきた。

「そりゃそうよ、睦月がまだ小学生くらいの頃のことだし。毎日食べるって言い張る睦月のために、よく買ってたの。それと同じようなビンに詰め替えてね」

昔を懐かしむように言う母が、祖母の後を追う。両親が祖母を送り出すのをぼうっとしたままで見送って、手のなかの金平糖の意味を考えた。答えは、出なかったけれど。

祖母が帰った後、お風呂に入って部屋に戻った。勉強机の上にはさっき祖母からもらった金平糖。彼にもらったものよりも一回り小さい。

私が昔、好きだったから……だから光輝は、金平糖を選んだのかな。はっきりと覚えていないけれど、私たちは二人で金平糖のおまじないをやってみたのかもしれない。だから懐かしくなって……こんな贈りものを？

お風呂上がりでほかほかした体のまま、すぐにベッドに入った。電気を消したら部屋の静けさが際立った気がする。布団のなかで丸くなって、昼間見た夢のことを考えた。

小学生。たぶんあれは高学年だ。入院は辛かったけど、光輝が友達になってくれてからは一変した。毎日同じだなんて思わなくなった。退屈だって怖くなかった。光輝が聞かせてくれる学校生活が、まるで自分のものみたいに思えたりして。次は何を話そう。何を教えてもらおう。そんな風に、ワクワクした気持ちが抑えられなかったな。私にとって『外』との唯一の繋がりが、光輝だったから。

「……会いたいな……」

ぽつりと零れた本音が、夜の闇に淡く消える。そしてそれに引き摺り出されるように、昼間の記憶が甦ってきた。

彼が――早瀬光輝が死んでしまったと聞いたのは、昨日のことだった。

「早瀬くんが……今日、亡くなったって……」

電話の向こうでほとんど会話にならないほど泣き崩れていた母が、絞り出すように発したのがそれだった。

家を出てから二年間、一度も両親から光輝の名前を聞くことはなかった。私の方から彼の名前を出すこともない。北野家では彼の話題はタブーに近いものがあったからだ。

それなのに、何の冗談だろう。いくら交際を反対したからって、そんな酷い嘘をつくなんてさすがに反則だ。反発する気持ちが先に出て、でもここで光輝にこだわっていることがバレたらまた余計な溝を生むと思うとうまく言葉にできなくて、私は何の返事もできなかった。

すると母に代わって、父が電話口に出た。冷静な声で、通夜は今夜、葬儀は明日だという。その声が、どんどん遠くなった。何を言われているのか、それがどういうことを意味するのか……頭のなかで、うまく組み立てられなかった。

死んだ？　光輝が？

足元が、ぐらりと揺れて吐き気がした。黙り込んで、その場にうずくまった私に電話の向こうで父が「睦月？　大丈夫か？」と声をかけてくる。それに応える力もなかった。だって。

もうすぐ迎える成人式。そこで、きっと会えると期待していた。顔を見て話せるんだと勝手に思っていた。それなのに。

もう、光輝は……いないの？

「睦月？　聞こえてるか？　大丈夫か？」

少しずつ父の声が大きくなっていた。耳に入ってきても、頭には入ってこない。

光輝がいない。もう会えない。自分から別れを告げておいて図々しいのは百も承知だけれど、二度と会えなくなるなんて思いもしなかった。光輝がいない。そんな世界が存在するなんて、信じられない。

おかしくなりそうな恐怖に、私は必死に耐えていた。冗談だと思いたい。でもそんな冗談を両親揃ってわざわざ言うはずがない。ということは。

光輝は死んでしまったんだ。本当に。

認識した途端、ぷつりと何かが切れたような気がした。じわじわと浸食されるみたいに、私の心を蝕んでいく光輝の死という事実。

それと向き合うために、私は今日ここに……光輝の葬儀に出席することを決めた。

身近な人が死んでしまうなんて初めてで、喪服なんて持っていない。相応しい格好というものもわからなかったから、膝丈の黒いワンピースを選んだ。タイツも黒。パンプスも、黒で揃える。全身真っ黒に包まれた自分は、いつもより顔色が悪く見えた。

「睦月、これつけていきなさい」

母に手渡されたのはパールのイヤリングだった。ありがたく受け取って、耳につける。母は揃いのネックレスをつけている。普段使いのアクセサリーとは違う。

少しずつ、緊張が高まり動悸がし始めていた。現実だなんて思えないのに、時間は待ってくれない。

「大丈夫なの？」

母が私に問いかける。何でもないような顔をしてみせるけれど、うまくできているかはわからない。

「うん」

「……無理しなくていいのよ」

「してないよ。大丈夫」

母の目を見ないままで、私は笑った。覚悟は決めてきたはずだったのに、心配されるばかりで情けない。

母が運転する車に乗って、バス通りに出る。交差点の向かい側、車の進行方向とは逆側に、以前入院していた病院が見える。懐かしいけれど切なくて、何だか物悲しく映った。

窓の外の景色は、記憶のなかよりも少し寂しい。寒々しさを感じる木々が流れていくなか、中央公園の入り口を左に曲がり、緩いカーブに沿って上っていく。バスのルートを逆走する形だ。

自然とぎゅっと手を握っていた。今、目にする景色と鮮やかすぎる思い出との差に、心が負けそうになるのを堪えるように。

小さな商店がある三叉路を道なりに左に進み、少し上ったらあっという間に目的地だ。

左側には小さな公園。母の運転する車が右にウインカーを出す。公園を左に見て、斜め右前。集会所に、私と同じように黒一色の服装の人たちが集まっているのが見える。入り口の階段横には、大きなパネルが見えた。

『故　早瀬光輝　儀　葬儀告別式　式場』

集会所の横で車を止めてくれた母に「ありがとう」と言って、ドアを開ける。不自然さはなかったはずだ。けれど母は私の手を取った。母の手が妙に熱く感じるのは、私の手が冷え切っているからだろうか。

「車駐めて来るから、ここで待ってて」

「ううん、先に行ってる」

「……そう」

黙って頷いて、母の手を剝がした。振り返らずに車から降りてドアを閉め、集会所の入り口へ進む。何度も通り過ぎたことのあるこの場所に、こんな気持ちで訪れる日が来るなんて。

周囲には見たことのない大人と、同世代の子たちが入り交じっていた。知っている顔もいる。でもそこに交ざる気にはなれない。記帳は母に任せることにして、私は会場にゆっくり足を踏み入れた。

独特の静かな音楽が流れる斎場の中央。たくさんの花に囲まれて、彼の遺影が飾られていた。

「……光輝……。遅くなって、ごめん……」

震える声で呟く。黒い縁取りのなかで笑っているその顔が、「睦月」と呼びかけてくれているみたいに見えた。

「……嘘、みたいなのに……」

ぽつりと呟いて、光輝の遺影を見つめる。重い空気とは裏腹に明るく彩られた祭壇で、笑顔を浮かべる姿は私の記憶のなかの彼と変わらない。いつだって明るく、優しく、私を包み込んでくれていた人。

信じられない。現実なんて思えない。それなのに涙が出てくる。ぽろぽろと、止めどなく。

「事故やってね」「道路に飛び出した子どもを庇ったらしいわ」「車と衝突したんやって」「捨て身でよその子助けたんやね」「早瀬くんらしいなあ」「いい子やったもんねえ」……。

ひそひそと、控えめながらにそこかしこで語られる光輝の死の状況が耳に入ってくる。誰かが危険な状況に晒されていたら、まったく知らない、自分と関係のない子でも助けるだろう。光輝ならそうするってわかる。でも。

早すぎる。若すぎる。こんな風に家族を、友達を、私を置いて、先に逝ってしまうなんて……きっと誰も、想像さえしていなかった。

止まっていた涙が、また溢れ出した。光輝を身勝手な理由で突き放した私に、泣く権利なんてないのに。

「う、ううっ……」

おかしいな。せっかく光輝に会えたのに。どうしてこんなことになってしまったんだろう。

高三の冬に彼と酷い別れ方をしてから、約二年。

こんなことならあんな嘘、つかなければよかった。諦めなければよかった。別れるなんて言わなければよかった。光輝のぬくもりだけが、私の支えだったのに。二度と消せない後悔ばかりが浮かんでは心を重くする。

動くこともできずにただ涙を流すだけの私の肩に、何かがそっと触れた。

「……睦月、座りましょう」

母の手だった。顔を上げられないままで、その手に従う。簡素な椅子がぎっしり詰め込まれた会場の端っこに、私と母は並んで座った。

涙は止めどなく流れるのに、まだ、現実感がない。どこか違う世界の出来事みたいだ。

涙で滲む視界は黒い。ワンピースにぽとぽと落ちる涙の雫が、水玉を作っていた。ハンカチを忘れたことに今更気がついて、もし光輝が隣にいたら、詰めの甘い私をからかいながら、ハンカチを差し出してくれただろうな、なんて思った。

外にいた人たちも少しずつ室内に集まってきた。人の気配でいっぱいになった斎場の中央を、恭しくお坊さんが歩いていく。静かに、どこか張りつめた空気のなか、葬儀が始まった。

お経を耳にしながら、光輝との思い出を一つひとつ思い出す。

初めて会った時のこと。友達になった日のこと。いつも病室に遊びに来てくれたこと。一緒に通った中学。

一番大事な友達だった彼が、恋人という特別な存在になった中学二年の夏祭りの夜。初めて彼氏彼女として、手を繋いだ日のこと。真っ赤になっていた光輝の耳。初めてキスした日のこと。

受験のための勉強会。一緒に頑張った高校受験。なんてことのない定番のお散歩デート。大学受験のための勉強会。二人揃って第一志望の大学に合格できたこと……。

キラキラ輝く思い出たちが、いくらでも甦ってくる。ここに来るまではずっと心の奥底に閉じ込めて見て見ぬ振りをしていたのに、どうしてこんなに鮮やかに再生されるんだろう。不思議なくらいだ。

葬儀は滞りなく進み、時折、すすり泣く声も聞こえてきた。私だけじゃない、みんなが光輝の死を悼んでいる。いつでも誰にでも優しく正しかった光輝。たくさんの人に囲まれて笑っていた彼の姿が思い浮かんで、また涙が溢れてくる。

今、ここでこうしているのは、光輝がいなくなったからだ。なのに、どうしてこうなったのかわからない。

焼香の列に並んで前を向くと、光輝の両親と妹のみなみちゃんが並んで立っていた。全員が、泣き疲れたようにやつれていて、私まで苦しくなる。きっと家族みんな、私以上に光輝の死をうまく咀嚼できていないんだろう。どんな顔をしていいかわからず、目を伏せながらゆっくり頭を下げて、焼香台へ進む。

光輝の写真。何度も見てきた笑顔。いつも私を優しく呼んでくれた声。当たり前のようにあったぬくもりが、もうここにはない。二年間、見て見ぬ振りをしてきた感情がもう抑えきれなくなっていた。

光輝。どうして？　何があったの？　こんな突然いなくなるなんて酷いよ。……会いたいよ。

どれだけ願ってももう届かない。色濃く漂う線香の匂いだけが、私に現実を突きつけていた。

「皆様、最後のお別れでございます。どうぞ前へお進みください」

気づけばそんなアナウンスが流れて、会場の椅子が撤去されていく。光輝が納まっている棺が、部屋の中心へと移動されてきた。スタッフの人たちが「どうぞ」とお花を渡してくれる。大人も子どもも、ゆっくりとした足取りで中央の光輝の元へと進んでいく。

「えらかったなあ」「綺麗な顔してるわ」「またね」……そんな声かけをして、みんながお花を手向けている。

その輪に加わろう、そう思っているのに足が動かなかった。写真ならまだいい。実際に動かない彼を見たら、私はどうなってしまうんだろうかと、怖かったからだ。

「睦月……」

母が背中を支えてくれる。無理しなくていいよ、と言ってくれているようにも思える。でも。

さよならも言えないまま別れてしまったら、私はもっと後悔する。もう二度と……光輝のことで後悔なんかしたくない。

足に力を入れて、一歩ずつ踏み出す。大丈夫、と心のなかで念じながら。棺の端から、光輝の胸の辺りまでゆっくりと近づいた。

「……光輝」

名前を呼んでみる。『なに、どうしたん睦月？』って言ってくれないかなと期待して。でももちろんそんなことは起こらない。

事故だと聞いたけれど、顔はもちろん、胸の辺りで組んでいる手にも、目立った傷はなかった。高校時代より少し大人びたような姿で、まるで眠っているかのように横たわっている。

そっと、手にしていた花を彼の胸に添えた。棺のなかのひんやりとした感触が、指先を強ばらせる。

「……ごめんね」

自然と、そう口にしていた。後悔ばかりが溢れて涙が止まらない。

どうしてあの時、あんな嘘をついてまで別れるなんて言ってしまったんだろう。

光輝は傷ついた顔をしていた。初めて見る顔だった。今でもはっきり覚えている。突然そんなことを言い出した私を呼び止めて、きちんと話をしようと言ってくれた。

それなのに私は光輝の手を振り払って逃げた。逃げて逃げて、物理的にも距離を取った。

会おうと思えばできてしまう環境から、遠く離れた場所へと。

それでも結局、自分の気持ちからは逃げられなかった。どれだけ忘れた振りをしても意味がない。だって全然忘れていないもの。光輝にもらったすべての思い出が、特別に輝いている。光輝がいなきゃ、今の私は存在しない。

また涙が出てくる。止める術はなかった。ぎゅっと棺の端を握って、崩れ落ちそうになるのを耐えるだけ。ぼろぼろ零れる涙が、私の視界を奪っていく。白い服を着た光輝の姿まで、滲んでぼやけてしまう。

光輝。私はまだやっぱり……光輝が好きだよ。私の光は、今も昔も光輝だけなんだよ。こんな風になるまで、わからないなんて。二度と会えなくなってから、気づくなんて。本当に私はバカだ。救いようのない、大バカだ。

「……睦月ちゃん」

呼びかけられて、我に返る。振り返って確かめた声の主は、光輝のお母さんだった。

「来てくれたんやね」

柔らかく微笑む光輝のお母さんが、ハンカチを差し出していた。私は慌てて彼女に向き直り、頭を下げる。

「ご挨拶もせずに……ごめんなさい」

「ううん、ええの。来てくれてありがとう。光輝も喜んでると思う」

そうかな？　本当に？　今更何しに来たんだって思わない？

ああでも、彼のことだ。きっと全部わかったうえで、微笑んでくれているような気がする。

「ほら、使って」

光輝のお母さんが苦笑混じりに私の手にハンカチを握らせる。顔中涙でぐしゃぐしゃなことに今更気がついて、恥ずかしくなった。

「あ、ありがとうございます……」

断るのも失礼かと思い、お礼を言って受け取った。さっそく顔に当てると、柔らかい肌触りにどこかホッとした。

「東京の大学行ってるんよね？　しばらくはこっちにおるの？」

「はい。一週間くらいは」

当初の予定では、母の強い希望で三日後にある成人式に出席するつもりだった。それより早く着いた分、滞在期間は長くなる。私が答えると、光輝のお母さんはにっこり笑った。

「そう。じゃあよかったらまたうちにも寄ってくれる？　ゆっくり話もしたいし」

「……いいんですか？」

「当たり前やないの。睦月ちゃんならいつでも大歓迎。待ってるからね」

「……ありがとうございます。じゃあ……戻る前に、お邪魔します」

「うん。楽しみにしてるわ」

またね、と言って光輝のお母さんは親族のところに戻っていった。社交辞令を言う人ではない。ハンカチも返したいし、東京に帰る前には一度お邪魔しよう。そう決めて、もう一度光輝の棺に向き直った。

「……ごめんね、光輝」

私がバカなばっかりに、たくさん傷つけた。謝っても謝りきれない。

またじわじわと涙腺が刺激されて、自分の弱さを強く自覚する。甘えたで、ひねくれていて、嘘つきで、光輝がいないと何もできなかった自分……。

「睦月、そろそろ」

いつの間にか私の隣に立っていた母が、私の肩を抱くように光輝の棺から離す。抵抗する力もなくて、私はされるがままに棺から手を離した。

斎場のスタッフが、てきぱきと光輝の棺に蓋をして、閉じた。私たちは外に出るように言われ、冬の寒空の下でしばらく待った。光輝の両親が、遺影と位牌を手にゆっくりと会場から出てきた。その後ろから、親族らしい男性たちが棺を担いで続く。小さな集会所だ、あっという間に光輝は霊柩車に納められた。

「それでは、出棺いたします」

――ファアン……。

余韻をたっぷり残したクラクションが響き、車が動き出す。どんよりと曇った空の下、光輝を乗せた車がどんどん遠くなっていく。

「睦月、帰りましょう」

そう言って、手を引かれる。霊柩車はもうとっくに見えなくなっていた。それでも私は固まったまま。

光輝が最後に見た景色は、いったい何だったんだろう。

もういなくなってしまった彼を、見送って。諦めたはずの感情が揺れ動くのは、光輝からの贈りもののせいだ。

約束って何？　その場所に行ったって、もう光輝はいないんでしょ？

聞きたくてももう聞けない。二度と会えない人になっちゃったくせに。こんな……欠片だけ残していくなんて。

つい、彼を責めるように心のなかで呟いてしまう。もう会えない寂しさに耐えるように、ぎゅっと布団の端を握りしめた。

でも、どこかで……ホッとしてもいた。光輝は私のこと、諦めないでいてくれたのかな、なんて。

光輝も、私に会いたいと思ってくれてたの？　まだ思い出せないけれど、私の誕生日に約束の場所で、もう一度会うつもりだった？

もう、叶わないのに期待している。

明日金平糖を食べたらまた、光輝の夢が見られるだろうか。だったらいいな。高三の冬以外ならいつでもいい。

寝返りを打って、目を閉じた。どうせもう会えないのにとか、そういうのは後回しだ。もういないからこそ……光輝が残した何もかもすべてを拾い集めたい。手紙の言う通りにしよう。今度こそ、私が約束を守る番なんだから。

約束まで、まだ六日ある。その間にゆっくり、彼との約束を思い出そうと決心した。

一月十日　2粒目

朝目覚めて、いつもの一人暮らしの部屋じゃないことに少し変な感じを覚える。ぐっと体を伸ばしてちょっとだけ気合いを入れて、布団から出た。

さかき坂の冬は寒い。空気に触れる面から芯へと、凍るような冷気が肌を刺す。暮らしている間は慣れていたはずの寒さに身震いしながらベッド下の引き出しを開けた。昨日隠した箱を取り出して、中身を確認する。

一粒減って、六粒になった金平糖のビンと、手紙。

変わらずにあるその中身にホッとして、もう一度隠した。

立ち上がり、もう一度伸びをした。「んーっ」と自然と声が出る。寝ている間に固まった体がぐっと伸びて、気持ちがいい。息を止めて、「はあっ」と吐き出して、改めて思う。やっぱり寒い。

手近にあったフリースを着て、ひんやりしてきた足先には靴下を穿いた。これで少しはマシになるはずだ。

階下からはテレビの音がして、もう両親が起きているとわかる。二人とも朝早いなあなんて思いながら、私も階段を下りた。

「おはよう」

「あら睦月、早いわね。おはよう」

一階のリビングに下りると、すでに両親はパジャマから着替えていた。私はパジャマにフリースを羽織ったままの格好。この家で暮らしていた時のスタンダードな服装だ。

ダイニングテーブルに着くと、母が立ち上がりながら言う。

「朝ご飯はパンでいい?」

「うん。コーンスープある?」

「あるわよ。準備するわね」

「ありがとう」

「ありがとう、ね。一人暮らしで親のありがたみがわかったのかしら?」

冗談めかした言葉を残して、母はキッチンへと吸い込まれていった。

たしかにそうかもしれない。実家では自分一人の身支度だけでよかったのに、東京のワンルームマンションでは、食事の準備から洗濯に掃除、家事のすべてを一人で賄わなければならない。

だから、人に何かをやってもらうことがものすごく有り難く感じるようになったのかも。もう少し、家のことを手伝っておけばよかった。母の反応に、ちょっとだけ恥ずかしくなった。

「寒いね、さかき坂は。足先がすごく冷える」

ごまかすみたいに呟くと、向かい側に座っていた父が「そうか?」と首をひねった。

「今日はまだマシな方だ。年末は雪が積もって大変だった」

「ああそっか。今でも積もるんだね」

「二、三年に一度くらいだけどな。バスが止まって困ったよ」

私がここに引っ越してきた頃、冬には雪が積もることが何度かあった。雪遊びをしながら帰っていく小学生を、病院の窓から羨ましく眺めていたっけ。

「はい、睦月」

「あ、ありがとう」

差し出されたのはトレーに乗った朝食セットだった。受け取ると、大きなプレートにはトーストにバター、端がカリカリになった目玉焼きにベーコンが添えられている。リクエストしたコーンスープはスープカップに、さらにブルーベリージャムがかかったヨーグルトまで。

すごい。あんな短時間でこんなにしっかりした朝ご飯が出てくるなんて。

主婦歴二十年超の母を尊敬しつつ、ほかほかと湯気を立てているスープから口に運ぶ。トーストも、目玉焼きも、すべておいしいはずなのに、どこかぼんやり感じてしまう。

「今日はお父さんもお休みだし、三人でどこか出かける？」

「そうだな、どこか行きたいところはあるか？」

「うーん……急に言われても浮かばないよ」

どこかに出かけるような気分になれず、そう返事をする。もともと実家に数日間滞在するつもりだったけれど、予定は何も入れていなかった。高校卒業以来、連絡を取っている友達もいない。

今となってはそれでよかったと思う。誰かから不意に光輝の話をされてしまったら、平常心でいられる自信がなかった。

「じゃあ、お買い物はどう？　初売りも落ち着いてきたし、ちょうどいいんじゃない？」

　そんな母の提案に、父も頷いた。

「ああ、じゃあ神谷の方まで出るか？」

「アウトレットね！　久しぶりだわ。睦月も好きだったわよね」

「うん」

　家族で買い物なんて久しぶりで両親ともかなり乗り気のようだ。けれど、ウキウキ買い物に出かける気分になんて到底なれるわけもない。

　申し訳ない気持ちでいっぱいになりながらも、私は「でも、ごめん」と言った。

「二人で行ってきて。留守番してるよ」

「そう……」

　困ったように、母が父を見た。父は仕方ない、といった風に頷き返している。私の心情を少しは汲み取ってくれたのかもしれない。励まそうとして提案してくれたんだとしても、今はまだ難しい。

「……わかったわ。じゃあお土産買ってくるわね」

「うん。ありがとう」

　すんなりと折れてくれて、助かった。

　光輝の葬儀に出た後で、光輝の夢を見た。死んでしまったことなんて嘘みたいに思えるくらい、リアルな夢だった。光輝に会えたのは嬉しかった。でも現実とのギャップが切なくて、複雑な気分になる。

約二年もの間会っていない光輝に、夢だとしても、私にとっては放っておけない出来事だった。なのに、会う前に光輝はいなくなった。しかも、成人式でなら会えるんじゃないかって期待していた。

どうしてこんなことに、とか。嘘だ、とか。もう二度と会えない形で。もう会えないなんて、信じたくない。でも現実は残酷で。どうやって折り合いを付けたらいいのかわからない。光輝のことを思うと、後悔ばかりが押し寄せて、感情がまとまらなくてぐちゃぐちゃだ。

朝食を食べて両親を見送ると、自分の部屋へ戻った。

ベッドに横になって、ふうっと息を吐く。さかき坂に帰ることをずっと避けていたのは、両親との確執もあった。

昨日も今日も、昔と変わらないような会話しかしていない。会ってしまえば、気まずさなんてなかったかのように接することができるのは、血が繋がっているからなんだろうか。

それとも、壁を作っていたのは私の方だけだった？　高校の卒業式以来、両親にどんな顔をして会えばいいのかわからなくて、怖かった。だから避けていた。

でも実際は、両親は過去を気にしてはいなくて、私が神経質になりすぎていただけ、とか。私が勝手に逃げていただけだったりして。

こんなことなら、光輝が死んでしまう前に戻って来たらよかった。なんて、今更すぎるけれど。

どのみち、光輝とのことは反対されていたんだし……。と、考えてから、そもそもどうして両親が光輝との交際に反対していたのか、知らないことを思い出した。

中学二年の夏からスタートした光輝との付き合いは、順調そのものだった。

そりゃ時々は喧嘩もしたし、私が勝手に拗ねて光輝を困らせたりもした。だけど別れようと思ったことは、一度もなかった。別れるなんて想像もつかなかったから。

だから、高校を卒業する間際、両親に光輝のことを打ち明けた時にはある程度将来のことも考えていた。なのに、待っていたのは意外な反応で。

「大好きな人がいる」と言った時には嬉しそうに聞いてくれていた母が、相手が光輝だとわかった途端に豹変した。

「あの子だけは駄目」「絶対に許しません」と猛反対されて、理由さえ教えてくれずに頭ごなしに叱りつけられた。

これまで母に一度もそんな態度をとられることはなかったから、反論の言葉も忘れてしまうほどだった。怒りをあらわにした両親の、とくに母の怖さに……私は折れた。

強硬な態度を崩さない両親と戦うことも、どうして光輝だけは駄目なのか理由を聞くことも、そしてどれだけ自分が彼を必要としているか説得することもせず……ただ両親の指示に従って、光輝と別れると約束させられた。

卒業式が終わった後、みんなが帰った教室で二人になった時が、私と光輝の最後の時間。

高校の思い出とか、これからのこととか、ゆっくり話をするための時間だったはずなのに……光輝の言葉を遮って、私は別れを切り出した。

もちろん光輝は驚いた顔で、「どうしたん、急に」と私の真意を引き出そうとした。

「遠くに行くから」「距離が離れるから」「続けるなんて無理だと思うから」

思いつく限りの理由を並べても、光輝は納得しなかった。だから私は……嘘をついた。

「もう光輝に頼らないと何もできない私じゃない。光輝がいなくても平気だから！」

そんな思ってもいない言葉で、彼を撥ねつけたのだ。

忘れもしない。光輝ははっきりと、傷ついていた。それを見ていられなくて、彼の返事を待たずに背を向けて泣きながら帰った。

大学が離れてよかった。会いたい衝動を抑えられる距離があってよかった。会いたい気持ちがどれだけ募っても、すぐには行動に移せない場所でよかった。そう強がりの「よかった」を積み重ねては、涙を零した。

水分が涸れ果てる頃には、私はもう光輝の知る「私」じゃなくなっていたように思う。

自分の意志を通すなんて怖い。何をしたって無駄なら努力なんて馬鹿らしい。そうして何もかもわかったような振りをして、考えることを放棄した。

「酷いこと、したよね……」

胸に苦さが溜まっていく。十九年の人生のなかで、一番大きな後悔だ。自分の思いや考えを何も言わずに、ただ両親の怒りに怯えて心を折ったあの日のことは、一生忘れないと思う。

光輝がいなくなってしまった今なら、反対した理由を聞くこともできるのかもしれない。でも同時に、それこそ今更だ、という気もした。知ったからって、現実はもう何も変わらないのだから。

光輝の話題に触れないのは二人の気遣いだろう。大切な人が死んでしまうという生まれて初めての経験をしている私に、かける言葉がないのかもしれない。

ふうっと大きく息を吐き出してから起き上がる。することがないと、どうしても過去のことばかり考えてしまう。

気持ちを切り替えたくて、ベッドの下の引き出しを開けた。奥にしまった箱から、金平糖のビンを取り出してふたを開ける。

今、私にできること。それはきっと、『約束』をきちんと思い出すことだ。

後悔しかない過去を愚痴っていたって、意味がない。光輝が残してくれた最後の贈りものの意味を、そして私たちがした『約束』を、解き明かすのが私の役目だ。

嘘をついた罪滅ぼしじゃないけれど……全部思い出して理解して、今度こそ逃げずに彼の気持ちにちゃんと応えたい。

「……いただきます」

二粒目、転がり出てきた金平糖を手のひらから指でつまみ、口のなかに放り込んだ。

最初の時と同じように、少しだけめまいのようなものに襲われ、やがて柔らかくて温かくて、懐かしい何かに包まれているような気配を感じた。

ゆっくり瞼を持ち上げる。と、目の前にはまた幼い光輝の顔があった。

「むつき、本気なんやな？」

「えっ」

念を押すようにそう問いかけてくる光輝に、驚きの声しか出ない。

本気？　何のこと？　っていうか、またこの状況……!?

昨日の夢と同じように、私は再び病室のベッドの上にいた。私を包む、柔らかくて温かいものは布団だった。

二回目だからだろうか、状況把握は早かった。その分、動揺も少なくて済んだと思う。布団の上に見覚えのある淡いピンクのブランケットがあるのを見て、懐かしいなと思えるくらいには。

ああ、また光輝に会えた。夢のなかでも何だかホッとする。どうして彼の姿が幼いのか不思議ではあるけれど、私も背は縮んでいるからお互い様と言えなくもない。

これくらいの年の頃の方が、何の疑問もなくそばにいられるからなのかな。たった一人の友達だった光輝と、いつでも仲良く笑っていられた頃だ。

それにしても……いったい、あの金平糖には何の力が働いているんだろう？　こんなに都合よく、光輝と一緒にいる夢を見せるなんて。

　どうしてこうなったのか心当たりはある。ベッドに腰かけていたし、ちょっと目を閉じた隙にでも自然と寝てしまったんだろうと予測もついた。

　ただ、わからないのは……私に向かって真剣な眼差しを投げかけている光輝のことだ。要領を得ない私を怪訝に思ったのか、彼は「だから」と言って声をひそめた。

「今言うたやん。今日こそ、外に出て遊びたいって」

「あ……」

　光輝の言葉に、記憶が甦ってくる。たしかに私はそんなワガママを彼にぶつけたことがあった。

『病院でじっとしてるだけなんてつまんないよ。こうきと一緒にお外で遊びたい』

　いつも光輝が話してくれる、外での出来事があまりにも眩しくて羨ましくて、我慢できなかった。だって、両親や病院の先生、看護師さんは優しいけれど、厳しい。いつもあれもダメ、これもダメ、と制限してくる。

　それでも平気でいられたのは、外の世界を知らなかったからだ。知ってしまったら、もうダメだった。好奇心はどんどん膨らんで、ついに抑えきれなくなった。

「うん、言った。お外で光輝と遊びたいって……」

　間違いない。いくら頼んでも病院の先生や両親は了承してくれなかったから、彼に頼んだ。

いつも私のワガママを優しくきいてくれて、いろんなことを教えてくれる光輝なら、きっと私のお願いだって叶えてくれると思い込んで。

今となってはバカなことを言ったなと思う。入院している自分の体がどんな状態なのか知らなかったから、こんな浅はかなことができたのだ。

真面目な表情を崩さない幼い光輝は、私に向かって確認するようにたずねてきた。

「今日は、熱ないねんな？」

「たぶん……」

「たぶん？」

「いやっ、大丈夫！　ない！」

慌てて首をぶんぶん横に振って否定するけど、光輝はまだ疑ったような顔をしている。

「無理してへんやんな？」

「本当に大丈夫だよ！」

だって、今の私は健康だ。きっと楽しく遊べる。あの頃はできなかったことができるんだ。

私の心は、幼い頃とは違う期待に満ちていた。光輝と、もう一度素直に笑って遊べる機会を持てる。こんなチャンス、現実ではもう二度とない。

今は夢だとか幻だとか、どうでもいい。彼のそばで笑うことができるなら何だってよかった。

「……わかった」

じっくり考え込んでから、光輝は言った。それが了承の合図だと、わからないくらいに静かなトーンで。

「じゃあむつき、これ着て」

「えっ？」

「変装せな、バレるやろ？　あとこれ、帽子も」

そう言って、彼は私に自分のパーカを寄越した。そしてランドセルから折り畳まれた帽子を出した。

言われるがままに、私はパジャマの上からパーカを羽織った。少しだけ袖が長い。こんなに幼くてももうこんなに体格差があるんだな、と感じる。

今の光輝はまだ子どもで背も低いけれど、中学生から高校生にかけて彼の身長はどんどん伸びた。上着を貸してもらってもいつもぶかぶかで、それがくすぐったくて嬉しかった。

懐かしさと切なさで胸がきゅうっとなるけれど、感傷に浸っている場合じゃない。パーカのファスナーを閉じて、サイズの合わない帽子をかぶる。ちょっと視界が狭くなった。

「よし、できたな。下はパジャマやけど……まあいけるやろ。じゃあ次はクツはいて」

「うん」

言われた通りにベッドの下にあった靴に足を入れる。可愛らしいリボンがついたそれはピカピカなままで、全然使われていないことを物語っていた。

病室のドアまで二人で並んで進んでから、光輝がドアを開けて通路を確認する。そして振り返って、声をひそめた。

「いいか、むつき。おれが先に行って、合図するから。そしたら早歩きでおれんとこまで来るんやで」

「わかった」

大きく頷くと、光輝はニッと笑って返してくれた。

「じゃあ、行くで！」

「うん！」

勢いよく飛び出していった光輝が、通路の角でその先を確認して、私を振り返る。『おいでおいで』をするように手招きするのを見て、私は走りたくなるのを堪えて光輝の元へと急いだ。

「よし！　次はあっちな」

「うん！」

内緒話をするみたいなトーンでのやりとりだけれど、お互いに声は弾んでいた。

光輝に導かれて、待合室を通り抜けた。ナースセンターの前はとくに慎重に。屈みながらゆっくり急いだ。階段を下りて、順調に進むミッションに気を抜きそうになったところで……知らない看護師さんと鉢合わせしてしまった。

「あら、どこ行くの？」

当たり前のように声をかけられて、思わずぎくりとして顔を伏せてしまった。

逆に怪しかったかな、どうしよう。何て弁解したらいいんだろう？　言い訳を考えて黙り込んだ私が何か言う前に、光輝が「売店！」と元気に答えた。

「どうしてエレベーター使わないの？」

「えっと……」

そんな質問が来るとは思わなかったんだろう、光輝が言葉に詰まる。私は助けるつもりで、口を挟んだ。

「待ってたけど、全然来なかったから。早くジュース飲みたくて」

「そう。階段は危ないからゆっくりね。気をつけて」

「はい」

光輝も一緒に頷いて、手すりを持って階段を下りる。と、そこで、作戦通りに先に行こうとする光輝の手をぎゅっと握って引き止めた。後ろでまだ看護師さんが見ている気配がしていたから。

「むつき？」

「振り向いちゃダメ。ゆっくり行こう。怪しまれないように」

どうしたんだ、とでも言いたそうな光輝に小声でそう伝えると、彼は微かに頷いた。

私たちは手を繋いだままで、階段を一段一段数えるように下りた。互いの手のひらから伝わる温度が心地よくて、安心する。ずっとこうしていられたらいい。

長く感じた階段も、何とか終わりを迎えたところで……隣から大きな溜息が聞こえた。光輝もやっぱり緊張していたんだろう。

「むつき、ナイスフォロー！」

「光輝こそ、よく咄嗟に売店なんて思いついたね」

「考えててん。何か言われたらどこ行くって言ったらいいかなって」

少し照れながら言う彼は可愛らしかった。私のワガママな思いつきにも全力で付き合ってくれる光輝に感謝しながら、私たちは中断していた作戦を再開した。

長い通路、売店の横、受付の前、玄関。残りの行程は拍子抜けするほど順調だった。さっきみたいに病院のスタッフに会うこともなかったし、他の大人たちとすれ違っても、誰も私たちを咎めはしなかった。

私が見ている夢だから、こんなにうまくいくんだろうな、と思う。もし実際に行動に起こしていたら、こうはいかないだろう。幼い私たちにとって病院を抜け出すなんて、相当難しいはずだ。

玄関を抜けて外に出ると、眩しい太陽が照りつけてくる。この夢の季節は初夏なのかな？　現実とは違って、植え込みには鮮やかな緑がいきいきと育っていた。

「後はあの門だけやな」

「うん」

「誰もおらんっぽいけど、先に見てくる。睦月はここで隠れて待っててな」

「わかった」

玄関横の窪んだ部分に、光輝の言う通りに身を隠した。駆け足で門まで進んだ光輝が、廊下の時と同じように左右を確認する。そしてこちらを振り返って、大きく手招きした。

進め、の合図だ。夢のなかなのに、私はワクワクとドキドキで胸がいっぱいになっていた。

光輝は周囲を気にしながら、近づいていく私を見守ってくれている。あと五メートル。三メートル。一メートル。飛び越えるみたいにぴょんっと一歩で門を越えて、光輝と顔を見合わせた。

「むつき！」

「光輝！」

どちらからともなく、両手を取り合った。

「やったな！　大成功や！」

「うん！　やったね！」

ぴょんぴょん跳ねながら、喜びを分かち合う。うまく抜け出せた高揚感ではしゃいでいたら、光輝がハッとしたように私の手をぐいっと握った。

「って、ここで喜んだらあかん！　はよ行かな！」

「えっ」

「病院の近くおったらすぐ見つかるやん！　行こ！」

言われてみればその通りだ。でも作戦をやり遂げられたのが嬉しくて、ついはしゃいでしまう。

どうせ夢だ。たぶん大丈夫だよ、見つかっても。なんて言えないくらいの勢いが彼にはあって、私は疑問を投げかけることしかできなかった。

「行くってどこに？」

私の手を引く光輝が、振り返ってニッと笑う。

「ひみつきち！」

『ひみつきち』？

何かを思い出しそうになるけれど、はっきりしない。考え込む間はなかった。

病院を出てから、光輝は迷いなく進んでいった。私に合わせているからか、ペースはさほど早くない。バス通りの道を上って、信号を渡り、中央公園に入っていく。

「『ひみつきち』って、公園にあるの？」

「ううん。こっちの方が近道やから通るだけ」

「ふうん……」

赤い滑り台みたいなオブジェの横を通り抜けて、公園に入る。藤棚の下にはベンチがあって、その前の砂場にある遊具はモグラと呼ばれていた。今は撤去されているけれど、夢だから昔のままなのかも。懐かしいな。

「むつき？　どうしたん？」

「何でもないよ、大丈夫」

「ほんまか？　しんどかったらすぐ言うんやで」

「うん、ありがとう」

深く考えないことにして、緩やかな上り坂になっている公園内の歩道を進んで行く。

さかき坂は、名前の通りほとんどが坂道だ。フラットな道はほとんどない。光輝の言う『ひみつきち』がどこにあるかはわからないけれど、山の方、北の方角に向かっていることはわかる。

歩道の脇には、それに沿うようにできている大きな滑り台がある。滑り台のてっぺんの所に光輝が丸太小屋と呼んでいた東屋のような建物があり、そこを左に曲がった。道沿いに行けば、小さな商店がある。

けれど光輝は、グラウンドを右手に見ながらさらに上る道に進んだ。グラウンドでは子どもたちが数人集まって、サッカーをしていた。

光輝も私のお見舞いに来ていない日には、ああやって遊んでいたのかな、なんて思う。

「むつき、大丈夫か？　しんどないか？」

「うん、大丈夫だよ」

反射的にそう答えたけれど、少し体が重く感じてきた。

こんなふうに坂道を上るのが久しぶりだから？　夢のなかでも子どもレベルの体力しかないのかな？　でも、光輝と手を繋いで歩く景色があまりに綺麗でそんなことはどうでもよくなっていた。

キラキラした太陽の光や植物の色も、土と緑が混ざったような匂いも、聞こえてくる子どもの楽しそうな声まで、全部が眩しくて、心が弾んで、満たされる。多少の疲れなんてどうでもよかった。

グラウンドが見えなくなると、次は公民館が見えてきた。隣にはテニスコートとバスケットコート。その先には短い地下道がある。

どうしても暗く見えてしまう印象を払拭するためか、壁面には鮮やかな絵が描かれている。地下道を抜けると、歩道の先にさかき坂小学校が見えてきた。意外と細かく覚えている自分に感心する。

光輝は歩きながら私にいろんな話をしてくれた。

グラウンドでサッカーをして遊んでいたら、ボールがフェンスを越えて飛んでいってしまって、追いかけても坂を下ってどんどん転がっていって大変だったこと。通学路のそばに植えられていたヤマモモの実をクラスのみんなと食べていたら、全校集会で叱られたこと。ヤマモモの実はすっぱいけれどおいしいこと。クツ隠しという遊びをやっていたら、本当にクツが片方なくなってしまって大騒ぎになったこと……。

聞いたことがあるようなないような話を聞いていると、まるで今、本当に彼といた時間に戻っているみたいな気持ちになる。それはとても不思議な感覚だった。

小学校の校舎を横目に、光輝は歩道を反対方向にぐんぐん進んで行く。そっちには小さな公園しかないはず……。と思った瞬間、ずきん、と胸が痛んだ。

……何？　今の。

予想していた通りすぐに、最低限の整備しかされていない小さな公園が見えてきた。遊具も少なく、そっけない印象すらある。『ひみつきち』というにはあまりに何もない感じがした。

「ここ？」

「ううん」

たずねた私に光輝は首を振った。

じゃあ、どこへ？

私の疑問は深まっていくばかりだった。道はこの公園で行き止まりだ。その先には、山裾しか見えていない。

「ここからは、ないしょやで」

「え？」

「むつきにだけ、特別な」

とっておきの秘密を打ち明けるように、光輝は笑った。戸惑う私の前に出て、公園をぐるっと囲んでいる植え込みを飛び越え、裏側に回る。

「こ、光輝……？」

「むつき、こっち」

手招きされて近寄ると、光輝が飛び越えたところより少し手前に、一部だけ植物が途切れたところがあった。誰かが何度も踏んで作った道にも見える。

「木、引っかけんよう気をつけてな」

「う、うん……」

パジャマの裾を気にしながら、その小道を通り抜ける。光輝の手に支えられながらだったせいか、悪いことをしている感覚は薄れていた。植え込みの裏まで到達した私に、光輝は向き直る。

「じゃあ……こっからちょっとしんどなるけど、頑張れるか？」

確認するみたいに言う光輝に、大きく頷く。

ここまで来てやめる選択肢はない。この先に何があるのか、彼が教えてくれるとっておきの『ひみつきち』がどんなものか、楽しみで仕方なかった。

「ほんなら、行こか！」

「うん！」

元気よく返事をして、光輝に続く。けれどすぐに……「マジで？」と口に出しそうになった。

「むつき、がんばれ！」

「が、頑張れって言われても……」

応援してくれる光輝は、すでに私より数段も高いところにいる。

これ……坂？　っていうか、土の壁？

光輝に連れられて進んだ先には、あっという間に足を滑らせてしまいそうな急斜面が待ち構えていた。微かに湿った土といくつも張り出したむき出しの木の根っこが入り組んで、落ちた葉が無造作に散らかっている。

子どもの頃ならいざ知らず、もう二十歳を迎えようという私にこのアスレチックは、ちょっと……いや、かなり厳しい。あまり運動神経がよくないことを自覚しているから、余計にだ。

「むつき、その右側の根っこつかんで登って。そこの段まできたら、ななめに行けるから」

「み、右側って……」

言われてみれば、たくましい木の根がぶらんと下がっている。これをロープ代わりにしろってことだとは思うけど……大丈夫かな。抜けたりしない？

上で待つ光輝は、足元を指差して言う。

「おれの足あとのこってるから見て。その通りに来たら大丈夫」

「う、うん……」

しんどくなるってこういうことか。ほぼクライミングだよ、これ。

でも、もうリタイアはできなそうだ。心配そうに、でも私を信じているみたいに……光輝が上で待ってくれている。

「……行くね！」

「うん！　がんばれ！」

覚悟を決めた私に、光輝はエールを送ってくれる。

ふいに、受験の時を思い出す。『睦月なら大丈夫。絶対受かる。頑張れ！』って……私のこと、応援してくれた。信じてくれていた、誰よりもまっすぐに……。

不意に泣きそうになって、ぐっと堪える。彼にそう言ってもらうのが一番の励みになることを、今更思い出したからだ。

光輝の指示通り、木の根っこを両手でつかんで足に力を込めた。一歩一歩、確認するように足をつけて踏みしめる。光輝の歩幅より小さい私には彼とまったく同じように進むのは無理だったけれど、ルートが見えるのはありがたかった。

進むごとに土の匂いが強くなっていく。手が汚れるのも気にならなくなってくる。自分の想像よりも体が柔らかく動いてくれるのが幸いだ。子どもの体だからかな、十九歳の私よりずっと軽い。

時々、光輝の顔を見て確認する。彼は大丈夫だって言うみたいに、私に頷き返してくれた。

目の前の土をつかむ。枝を避けて、滑りそうな木の根も避ける。夢中で登った先には……満面の笑みを浮かべた光輝がいた。

「むつき、ナイス！　よく頑張ったなあ！」

「はっ、はあっ……、うん！」

息切れに顔を歪めながらだけれど、私も笑い返す。やりきった思いで振り返ると、スタート地点が見えた。体感では、数十メートルの崖を登ったような感覚だったけれど……見下ろしてみると数メートルほどの短い登山だったとわかる。それでも。

「登れたあ……！」

「うん！　頑張ったな！」

「うん……！　はあっ……、ありがと」

汚れ一つなかった靴は、あっという間に泥だらけになった。手も土まみれで汚いし、たぶん顔にも土がついている気がする。

小さな体は手も足も短くて、思ったところに届かないもどかしさもあった。けれどその分柔軟性が高いし、重量も軽い。だから体力に自信がない私にも、何とか登れたのかもしれない。

「よし！　じゃあこっち！　もう着くからな！」

「うん……！」

汚れた手を軽く払った後で繋ぎ直して、二人で山のなかを進む。

木々の隙間から少しずつ小学校の校舎が遠ざかっていくのがわかって、西に向かっていることをぼんやりと理解した。

左手側には側溝がある。こんなに何もない山でも少しは人の手が入っているんだろう。そういえば、春先にはイノシシ狩りがあるんだっけ。母が話していた気がする。

迷いなく進む光輝の背中が妙に頼もしい。こんなに小さいのに、不思議だ。

そこから数分、光輝が足を止めたのは、それこそ何でもない場所だった。不思議に思っていると、彼は嬉しそうに言う。

「何もないように見えるやろ？」

「え、うん……。けほっ」

少しむせながら答えると、光輝は右側、山の斜面に向き直った。そしてそこに生い茂るシダっぽい植物をがさがさかき分けながら入っていく。

「ちょっ……光輝!?」

何をしているのと慌てて止めようとしたら、光輝がよけた緑の先に……何かが、見えた。

「えっ……」

驚いた。そこには大きな、人が十分入れるサイズの……洞窟があったのだ。

得意げな顔をする光輝が、私の手をとってそのなかへと導く。しんと静かな洞窟は、外から見るよりずっと広くて高さがあった。

子どもの私たちだから立っていられるわけじゃなくて、たぶんこの分だと今の私でも天井に頭がつくことはないだろう。

「すごいやろ？　探検中に見つけてん！」

「うん……すごい……！」

動悸が収まらないのは、興奮しているからかな。

光が入りにくいせいか、少し薄暗くて空気もひんやりしている。久しぶりの運動にほてっていた体にはちょうどよかった。

「普段はな、さっきみたいに目かくししてんねん。見つからんように」

そう言って、外に出ていった光輝がそっと緑のカーテンを閉める。真っ暗になる、と思いきやわずかな隙間から入り込む小さな光のきらめきに、見入ってしまう。

まさに『ひみつきち』だ。幻想的な雰囲気さえ漂わせる空間には、大人の私でさえ十分すぎるほど好奇心をかき立てられる。

「……ほんとに、すごい……はあっ……」

呼吸を整えようと、地面にへたり込んだ。

言葉が出ない。自分のボキャブラリーのなさにがっかりする。こんなに素敵な場所なのに。

人の手で掘られたもの？　それとも偶発的にできたものなのかな……？

考えていると、またがさがさと音を立てて入り口が開かれて、光輝が顔をのぞかせた。

「むつき、こっち！」

「……？」

呼ばれるままに、ふらふらと『ひみつきち』を出る。

「次はあれ見に行こ！」

そう言って光輝が指差したのは、木々の隙間から見える夕日だった。直接見ると、オレンジ色の光が眩しい。そうか、もう日が暮れる時間なんだ。

「ちょっと……待って、光輝……」

「え？」

絞り出した声は、自分でも驚くくらい元気がなかった。

そして同時に、私は自分の体の異変にようやく気がついた。さっきから全然息切れが収まる気配がない。

おかしい。どうしてこんなに……胸が苦しいの？

「むつき!?」

ぐらりと、視界が揺れた。

苦しさに負けて、地面に倒れる。土の匂いが強くなる。

「どうしたん!?」

「だい……じょう、ぶ……だから……」

だってどうせ夢だから。きっとすぐに治るから。それとも目が覚めてしまうのかもしれない。

でも……はっきりと思い出した。この苦しさは、幼い頃に何度も経験したそれと同じだ。

「むつき！　むつき！」

胸が苦しい。息がしづらい。どんどん光輝の声が遠くなる。心配そうに私を見つめる光輝の顔がぼやけて、ゆっくりと闇に溶けていく。

苦しい。痛い。辛い。嫌だ。しんどい。悲しい。負の感情がどんどん大きくなって、全身を蝕んでくる。

朦朧とする意識のなか、光輝が私を抱きかかえたのがわかった。

「むつき！　しっかり！　すぐ病院まで連れてったるからな！」

返事をする気力もないくらい、急速に体から力が抜けていく。

そういえば、昔はいつもこんな感じだった。何をしていても病気の影から逃げられなくて、最後には倒れてしまって……。

「大丈夫やから！　大丈夫やからな！」

光輝の声が、泣き出しそうに揺れている。それでも声を張って私を励まし続ける彼の優しさが痛いほどわかって、軽率な自分が情けなくなる。

今度こそ……大丈夫だと、思ったのにな。

薄れゆく意識のなか、最後に目に映ったのは、燃えるように赤い、太陽の色だった。

「何てことしてくれたの！」

女の人の、絶叫。それと同時に、バシンッ、と乾いた音が耳に飛び込んできて、私は意識を取り戻した。

「……？」

ガラガラという音が鳴って、それに呼応するように体に振動が伝わってくる。横になっていることはわかるけれど……状況がまだ、よくわからない。

うっすら目を開けると、ぼんやりとした視界のなかで、私を取り囲む大人たちが見えた。全員が同じような白い服——看護服を着ていることに気がついて、ここが病院だと理解する。

あれ？　さっきまではたしか、小学校近くの山にいたはずなのに……。

「あんなに泥だらけになって……いったいどこまで睦月を連れ回したの!?」

あまりに激しい怒声に目をやると、小さな男の子の背中が見えた。あれは……光輝と、お母さん？

「やめないか、子ども相手に」

そう言いながら母を止める父の姿もあった。

「子どもだからって許されないことがあるでしょう！　睦月に何かあったらどうするつもりなの!?」

「皐月（さつき）！」

興奮した様子で光輝に詰め寄る母の体を、父が全力で止めている。まるでドラマのワンシーンだ。

あんなに取り乱して怒り狂う母の姿を見るのは初めてだった。力任せに父の制止を振り切ろうとする母は、知らない女の人みたいで恐ろしさしか感じない。

「離してよ！　だってそうでしょ!?　病院を抜け出すなんて……あんな体で！　あなたが

唆したんでしょう!? 違う!?」

「やめろ！ 言いすぎだろう！」

「だってあなた！ こんなこと……睦月に考えつくわけないじゃないの！」

母の声は、怒りを訴えながらも今にも泣き出しそうなものへと変わっていく。

息がまだ苦しい。ぼうっとする。でも、この体が不自由な感じも覚えがあった。

そうか。私……あの『ひみつきち』で発作を起こしたんだ。そこからどうしたのかはわからないけれど、病院に運ばれて……。

状況をようやく理解したその時、私の右手をそっと握るぬくもりがあった。切なげな表情の祖母が私に付き添ってくれていた。

「睦月ちゃん……大丈夫やからね。心配せんと、休んでいいからね」

優しく語りかける祖母の声とは裏腹に、母の強い声が廊下に響き渡った。

「私は絶対に許さない！ だってこの子は……睦月を殺しかけたのよ!? 許せるはずないじゃない！ あの子に何かあったら一生恨むわ！」

母のあまりに激しい怒りに、私は体中がすくむ思いだった。小さな子ども相手にここまで憤りをストレートにぶつけるなんて……らしくないとすら思う。

祖母は悲しげな顔をしている。母を止める術がなくて申し訳ない、みたいに。その表情を見た瞬間、何かが弾けて繋がった。

私はこの状況を知っている。覚えている。あの母の叫びを、この祖母のやりきれない表情を……私は経験している。

待って、どういうこと……？　だってこれは、夢、だよね……？

どうして……涙が出るの……？

光輝は、何の弁解もせずに黙っていた。その小さな手が、背中が、震えている。

それでも泣いていないのが気配でわかった。きっと堪えているんだろう。私のワガママが引き起こした事態の責任を一身に背負って。

ちがう、と叫びたかった。なのに声が出ない。酸素マスクを付けられた状態だから余計にだ。発作の苦しさで、体が自由にならなくてもどかしい。

違うよ、お母さん。悪いのは私。光輝は私のワガママに付き合ってくれただけ。全部私が悪いの。だから光輝にそんな酷いこと言わないで。光輝は悪くないんだから……！

声をあげようとした私の喉から出たのは「ううっ」なんて情けないうなり声だけだった。

それでも何とか本当のことを伝えたくて、不自由な体を動かして首を横に振る。光輝は何も悪くないって、これ以上彼を傷つけないでって、わかって欲しくて。

私の声と動きに気づいた祖母が、「睦月ちゃん！」と声をあげた。

「睦月！　気がついたの!?」

それに反応した母がストレッチャーの横に駆け寄ってくる。それに続く父も、もう光輝を構う余裕もなく、その場に彼を残して私の元へと近づいてきた。

「大丈夫よ、睦月！　もう大丈夫だからね！」

ストレッチャーにしがみついた母は、泣いていた。父もわずかに目が潤んでいる。祖母はずっと、辛そうな顔をしたままだ。

みんなの顔を見ていたら、もう何も言えなくなってしまった。

悪いのは私。こんな風に家族を心配させた私。なのにすべてを背負わされてしまったのが、光輝だなんて。

一生懸命顔を動かして、さっきまでと変わらず佇んだままの光輝を見る。日が暮れて外来診療も終わり、暗く寂しくなった病院の一角で、彼は肩を震わせていた。

今度はきっと……泣いている。

その肩を抱きしめたくて、彼を一人にしたくなくて、必死に手を伸ばそうとして……そこでまた、ぷつりと意識が途切れた。

「光輝っ……！」

彼を呼ぶ声と共に、ハッと目が覚めた。光輝を求めて伸ばした手が、空を切る。

「……また……夢……？」

天井へとかざした手の大きさでわかる。また夢から覚めた私は、自分の部屋のソファに仰向けに倒れ込んでいた。むくりと起き上がって、目をこする。まだ濡れていて、泣き腫らした後みたいに熱を持っていた。

さっきまでの出来事によって、私は言いようのない不安に襲われていた。『むつき！』と呼ぶ光輝の声も。『許さない！』と叫ぶ母の声も。『大丈夫』となだめる祖母の声も。

全部……『夢』……じゃない、としたら。

自分でも理解できない仮説に、心臓の音がどんどん大きくなる。全部夢だと片付けるにはあまりにリアルで、まったく覚えていないとは言い切れない疑惑が脳にちらついている。頭のなかを整理しようとしてもうまくいかない。あれが現実にあったことだなんて、信じられない気持ちがまだ大半を占めている。

ダメだ、落ち着かなくちゃ。一旦夢と記憶を切り離して、整理して。あの出来事を最初からもう一度思い出して……って、ちょっと待って。

私、あの夢のなかで倒れる寸前、何て思った？『今度こそ』大丈夫だって思った、よね？

それって、過去に実際、光輝と病院を抜け出したことがあったから……？

仮説を立てるとまた混乱が大きくなって、動悸が激しくなっていく。

病気だった私にとって、あんなの大冒険そのものだ。あれほどインパクトのある脱走劇、はっきり記憶していてもおかしくないはず。なのに忘れていたなんて……いったいどうして？

考えても答えは出ないとわかっていても、頭のなかではぐるぐる同じ問答が巡る。覚えていない『何か』を思い出せそうで、やっぱり届かないもどかしさ。焦りにも似た感覚が湧き上がってきた。

何か、手がかりがあれば。

そう思った瞬間、テーブルの上の金平糖が目に入る。同時に顔を上げて目をやったのは、勉強机。

祖母なら、教えてくれるかもしれない。

じっとしていられなくなって、私は立ち上がった。また光輝からの贈りものをベッド下の引き出しに隠して、階段を急いで下りる。

戸締まりの確認もせずに、勢いのまま家を飛び出した。祖母の家まではそう遠くない。なのに気持ちが急いて、足がもつれそうになるのを踏ん張った。

もしあれが本当にあったことなら……母が光輝を遠ざけた理由が、あの出来事だったのなら。

結局、すべては私のせいだったことになる。

光輝は悪くないのに、私のせいで責められて。私の勝手で、別れることになって。未練を断ち切るためなんて、私の自己中心的な理由で連絡先も全部消去して。恨まれたって仕方ないような嘘までついて。

それなのに彼は、まだ守れていないという『約束』のために、贈りものをくれた。

光輝は、いったい、どんな気持ちで……！

鼻の奥がツンとした。ダメだ。もう、何もかも我慢できない。自分を許せそうにない。

手紙の『約束』が何を意味するのか、早く思い出さなくちゃ。それが最低な私にできる、唯一の罪滅ぼしだ。


祖母の家のインターホンを鳴らし、返答を待たずに玄関まで進む。寝る時までカギをかけないのは知っていたから、遠慮なくドアを開いた。大きな声で「おばあちゃん、いる!?」と声をかける。

奥からパタパタという軽い音と共に、祖母が出てきた。

「睦月ちゃん？　どないしたん、急に」

「おばあちゃん……」

驚いたような顔をしてはいるけれど、いつも通りの穏やかさにホッとした。気持ちが緩むと堪えていた涙腺まで緩んでくる。もう限界が近い。いつ決壊してもおかしくなかった。

「聞きたいことがあるの。本当のことを教えて欲しいの」

感情のままにそう訴えると、祖母は私を家のなかに迎え入れながら、背中を撫でてくれた。

「どうしたん？　言うてみ？」

優しい声に促されて、私は泣きそうになりながら疑問を吐き出した。

「私が小学生の頃……入院してた病院を抜け出したこと、あった？」

　はっきりと、祖母の顔に狼狽の色が見えた。答えを聞かなくても『ＹＥＳ』を意味すると、わかってしまうほどに。

　ぐっと喉が詰まる。視界が滲み、祖母の顔がぼやけていく。

「抜け出した後、私倒れたんだよね？　それを助けてくれた男の子がいたよね？　私のこと背中におぶって……病院まで連れて来てくれたんだよね？」

　記憶の穴を埋めるように、祖母に問いかける。

「その子にお母さん、ものすごく怒ったよね？　絶対許さないって言ったよね？　私のせいなのに、光輝が……あんなに小さい光輝が責められて……っ」

　とうとう、涙が雫になって零れ落ちた。もう止まらない。嗚咽とともに、私は独り言のように感情を垂れ流した。

「光輝とっ……一緒にいるのを、許してもらえなかったのもっ……あれが原因だったの……っ？　お母さんが、光輝を許せなかったから……！」

　リビングに足を踏み入れたところで、膝から崩れ落ちた。ぼろぼろ涙を流す私の背中を、優しい手がさすってなだめてくれる。涙も鼻水も止まらなくて苦しい。息がうまくできない。でもこんなの……胸の痛みに比べたらどうってことない。

　泣き続ける私の背中を撫でながら、祖母はゆったりとした口調で言った。

「睦月ちゃん、あの夜から数日間、ほとんど意識が回復せんかったからね。どうなったんか聞いてくるか思てたけど……忘れてもうたんやとばっかり」

その言葉に、思わず顔を上げる。少し眉を下げて、切なそうな表情をした祖母が、私の視線をしっかりと受け止めた。

「……じゃあ……本当に……？」

「睦月ちゃんの言う通りよ。睦月ちゃんを病院に連れてきてくれたのは、光輝くんやったわ。文也(ふみや)も皐月さんも睦月ちゃんが行方不明になったって憔悴しきってたから、心ないこと言うてもうてたねえ……」

辛い顔で呟いた祖母の言葉が、じわっと体を浸食する。

……光輝！

叫び出したかった。彼の名前を呼んで、許されなくても謝りたかった。

手遅れだとわかっていても、せめて知って欲しいと思う。あなたが私を庇ってくれたこと、そのことを忘れてしまった私に伝えることもせず、心に仕舞っておいてくれたことをやっと思い出せた。

あんなことになったのは光輝のせいじゃない。私のワガママが引き起こしたこと。その危機をあなたが救ってくれたんだよ。だから私は今も、こうして生きていられるんだよ。

小さな光輝の背中を思い出して、また胸がぎゅうっと締め付けられた。何もかも忘れてのんきにそばにいた私のことを一度も責めなかった彼の強さに、また涙が溢れてくる。

そんな私を理解してくれているのか、祖母は思い出話を続けた。

「あの時は……皐月さんが睦月ちゃんがおらんゆうて、電話してきてね。病院中で大騒ぎになったんよ。そしたら二人を見たっていう看護師さんが出てきてね。みんなで必死になって捜しまわって」

「………」

階段で出くわしたあの人だ。

「全然見つからんくていよいよ警察に届けよかってなった時にね、睦月ちゃん、知らん人の車で運ばれてきたんよ。あの男の子……光輝くんがね、通りがかった車を止めて、乗せてきてもらったんやって」

「光輝が……」

いくら私が平均より小さかったとはいえ、小学生の男の子が病院まで歩いて三十分ほどの距離を人一人背負っていくなんて無理がある。きっと光輝もそう思ったから、頑張って車を止めてくれたんだろう。

「こっちはもう大騒ぎやったから。すぐに睦月ちゃんを受け取ろうとしたんやけど、睦月ちゃん、ずっと光輝くんの手離さんでなあ」

「えっ……？」

それも全然覚えていない。驚きで声が出たけれど、祖母は気にせず続けた。

「光輝くんの方も泥だらけの傷だらけでボロボロやのに、一生懸命『むつき！』って呼びかけて……必死になって助けようとしてくれたんやなあって思たら、涙が出たわ」

そんなことがあったなんて。光輝は私を救おうと、励まし続けてくれていたんだ。

はあっと大きく息を吐き出した祖母が、トーンを落とした声で、呟いた。

「もう少し発見が遅れてたら、危なかったゆうて後から聞いたわ。子どもだけで無理したら取り返しつかんことになるんやでって、ちゃんと教えとかなあかんかったねえ」

祖母の辛そうな声を聞くと、途端に複雑な気持ちになった。子どもだったとはいえ、善悪の判断くらいついていたはずだ。実際、反対されるってわかっていたから、光輝にお願いした後ろめたさもあった。

一つ思い出すと、そこからするすると紐がほどけていくように、次の記憶へと結びついていく。

そういえば光輝はいつからか、私の体調に敏感になっていった。待合室で遊んでいても、少しでも咳をしたりすると強制的にベッドに戻された。

それに病院に来る時はなんとなく人目を気にしていたような気がする。『スパイごっこしてるだけ』なんてごまかしたりして。なのに私は『楽しそう！』なんて一緒になって隠れたりして、何の疑いも持たなかった。光輝はきっと、両親と鉢合わせしないように注意していたんだ。

全部、私が起こしたあの出来事のせいだったんだ。私だけが何もかも忘れて……ただただ光輝の優しさに甘えていた。

後悔が、どんどん大きくなっていく。

もし過去に戻れるのなら、あんなワガママ絶対に言わないのに。そうすれば光輝もあんな風に傷つかなくて済むのに。

あの時の胸の苦しさからすれば、命が危なかったと言われても納得してしまいそうになる。誰も知らない場所に子どもだけで行くなんて、最悪の状況だ。発作の時の処置の遅れは命に関わるって、ずっと言い含められていたことなのに。

子どもだった私には、それがどれだけ重大なことか理解しきれていなかった。だからあんなに軽率に、自分の願望を叶えることを優先してしまった。

「とにかく、無事でよかったわ。あんなに小さかった睦月ちゃんが、こうして元気なって、もう二十歳になるんやもんねえ」

優しい祖母の声に、また心が痛んだ。あの苦しさが甦ってくるような気がして、胸元をぎゅっとつかむ。

久しく忘れていたけれど、昔はずっとあの苦しさと付き合っていた。病気が治って、普通に中学に通えるようになった時どれだけ嬉しかったか。

「さ、睦月ちゃん、こたつ来て座り。床冷たいやろ。女の子は冷やしたらあかんよ」

泣き崩れていた私が落ち着いたのを見計らって、祖母が言う。私は小さく頷いて、その勧めに従った。

祖母の家のこたつのぬくもりに包まれると、とても懐かしく感じられる。足先からじわっと暖まる感覚が、心のなかのわだかまりも一緒に溶かしてくれたらいいのに。

「お茶いれたげるから待っててな。みかんもあるからよかったら食べてな」

カゴに入ったみかんをこたつの上に置いて、祖母は立ち上がった。私はまだ熱っぽい瞼を持て余しながら、みかんを手に取る。皮を剝いていると、ふと昔の会話を思い出した。

『睦月の手は白いなあ』

『光輝はちょっと焼けてるもんね。黄色いのはみかんの食べすぎ？』

『ばあちゃんみたいなこと言うな、睦月は』

そんなやりとりをしながら馬鹿みたいに笑い合った彼に無性に会いたくなって、また、涙が零れた。


祖母がいれてくれた熱いお茶を飲んだ後、お昼もご馳走になってから自宅に帰った。

家のなかはしんとしていて、まだ両親が帰ってきていないことがうかがえる。ホッとして自分の部屋に戻って、ベッドに倒れ込むように身を預けた。柔らかく受け止めてくれる布団の感触に、目を閉じる。

いよいよ、両親にどんな顔をして向き合えばいいかわからなくなってしまった。

すべては自分のせいだった。倒れた記憶を失っていたことも、反対されて怖くて諦めたことも含めて、全部。

私が、ちゃんと両親に、自分に、向き合ってこなかったせいだ。

子どもの頃、両親に心配をかけて不安にさせたのは事実だ。娘が意識不明で運ばれてきたら、誰だって正気を失うだろう。

それでも、母が光輝にした仕打ちを思い出すと辛くてたまらない。でも、心苦しくても、両親と衝突しないためには見て見ぬ振りをするしかないんだろう、とも思う。

過去の話を持ち出してしまえば、私はきっと母を責めてしまう。父にぶつけてしまう。どうして光輝を責めたのって。どうして光輝を遠ざけたのって。そのせいで、私はこんなに苦しいのにって。

自分のことばかりだ。思い返せば私はいつもそう。困難に立ち向かおうとしない。誰かに助けてもらうのを待っている。何も言わなくても、察してもらうのを望んでいる。光輝に対しても、両親に対しても。

「……わかってても、できないんだもん……」

泣き言は、本当に涙と一緒に零れた。また弱さに負けてすぐに逃げてしまう自分が顔を出す。こんな自分、大嫌いだ。

いつの間にか眠ってしまったらしい。

「ただいまー！　睦月ー？　いないのー？」

大声で私を呼ぶ母の声で、ハッと目が覚めた。慌てて飛び起きて、階下に下りる。

「おかえりなさい」

「ただいま。……あら？　どうしたの？」

「え？」

「目が赤いけど……」

「あっ、うん。ちょっと寝ちゃってたから」

祖母の家で大泣きしたことは言えない。笑って濁すしかない。

「そう？　よく眠れた？」

「うん」

頷くと、母は安心したように笑い返してくれた。

「じゃあこれ、お土産ね。久しぶりでしょ、ここのロールケーキ」

「わあ、ありがとう」

「すぐ食べる？」

「ううん、今はいいや」

「そう？　じゃあ夕飯後にしましょうか」

何気ない会話を交わすので、精一杯だった。母は朝と同じ調子なのに、私の方だけが違うから今はまともに向き合えない。

そこに「はー、疲れた」と言って父が戻ってきた。このタイムラグは車を駐めてきたせいだろう。両手に持っていたたくさんの荷物を下ろして、肩を揉んでいる。

「おかえりなさい」

「ただいま。まったく、母さんの買い物はいつも長いんだから」

文句を言いながらも、嫌な感じはしない。仲がいいから言えることだと思う。

「ケーキ、ありがとう」

「ああ、母さんがな。睦月に食べさせたいって言うもんだから」

「そうなんだ、後でもらうね」

そう言って、父の隣をすり抜けて二階の部屋に戻った。自然と、溜息が漏れる。ちゃんといつも通りにできていただろうか。少しだけ不安になった。

いい家族だと思う。私にとって、かけがえのない、大事な家族。それはわかっている。だけど、今はうまくできない。少しでも時間が欲しい。私の心を整える、時間が。


夕食は、昨夜の残りものと炊きたてのご飯に具沢山のお味噌汁、母の得意な出汁巻き玉子。母は買い物がよほど楽しかったのか、はしゃいだ調子で話し続けている。父もそれにつられるように口数が増えていた。

家族三人の、楽しい食卓。それなのに、話せないことがどんどん増えていく。ぎこちなさを表に出さないようにするので精一杯だ。

「ごちそうさまでした」

食事を終えると、母がケーキを切ってくれた。わざわざ私のために買ってきてくれたものだとわかっているから、笑顔でほおばった。

甘くてミルクの香りがする、昔私が大好きだったふわふわのロールケーキは、間違いなくおいしかった。気分は、晴れなかったけれど。

食べ終わってすぐにお風呂に入って頭を洗い、体を洗ってから熱い湯船につかった。いつもと違うシャンプーの匂いが自分から立ち上っている。思いきり息を吸い込んでから、鼻までお湯に潜る。

ぶくぶくと泡がのぼってくるのを、ぼんやりと見つめながら考える。

私には何もできない。何も変えられない。今更、昔のことを持ち出したって、意味がない。

複雑な気持ちを抱えながらも、自分の部屋に戻った。ベッドに腰かけて、この下の引き出しにしまってある金平糖のことを思う。

「これが、きっかけになってる……？」

独り言を呟いて、ベッドに倒れ込んだ。

過去の夢を見るのは、金平糖を食べた時。

これを口に入れると、いつの間にか昔の世界に飛ばされていた、みたいなことが起こっている。記憶の再現っていうのだろうか。思い出を振り返るのとは違って、本当にあの頃に戻ったみたいな、すごくリアルな感覚。

でも、再現にしては、ちょっとおかしなところもあった。あの頃の私には言えないことを言ったり、思ったりしているから。まるで現実としてあった過去の出来事に、今の私が飛び込んでいる、みたいな。

「そんなこと、ありえる？」

投げかけた疑問に答えてくれる相手はいない。

後悔は増えたし、両親へのわだかまりもある。けれど、光輝がくれた金平糖が、私に夢を見させてくれているのなら悪くないのかもしれない。

「光輝には、何か不思議な力があったのかな？」

誰にも聞こえないくらいの小さな独り言。自分で言って思わず笑ってしまう。

でも、もしも今の私が、過去の出来事に干渉できるのなら。

まず、『ひみつきち』への探検は諦める。健康になってから連れて行ってもらえばいい。中学生の体だと、あの山登りはどんな感じになるのかな。そうだ、中学校では光輝にべったりだったけれど、今ならもう少し迷惑をかけないように頑張る。付き合うことになってからも、いつでも察してもらうばかりで光輝の優しさに甘えすぎていたのもよくなかった。あとは……高校の卒業式で別れ話なんて絶対しない。

ああ、変えたい過去が、いくらでも浮かんでくる。

もし本当に、そんなことができるなら。光輝が死んでしまった過去を、変えることができるのに。

なんてね、と自嘲気味に笑う。

部屋の電気を消して、布団に入る。柔らかい毛布に包まれると、途端に眠気が襲ってきた。目を閉じると、あっという間に眠りに落ちていた。

一月十一日 3粒目

ぱち、と瞼を開いて時計を見ると、朝の七時だった。

昨日はたくさん寝たから、妙に早く目が覚めてしまった。二度寝する気分でもないなと思い、体を起こす。

相変わらず冷えた空気に身震いしながら階下に下りると、母がリビングに大きな箱を広げていた。

「あら睦月、おはよう」

「おはよう。それ何？」

「ふふっ、これはねえ……」

私の質問に嬉しそうな顔をした母が、箱を開いてそのなかにあったたとう紙を開く。大事に包まれていたのは、鮮やかな刺繡が入った、赤い地色の着物だ。

「振り袖？」

「そう！　素敵でしょ？」

ニコニコしながら着物を持ち上げ、柄を見せてくれる。うちにあることは知っていたけれど、実際に見ると華やかさが段違いだった。

「派手すぎない？　似合うかなあ」

「似合うわよ絶対！　睦月はいつも地味な色ばっかり着てるけど、せっかく可愛らしい顔立ちなんだから、これくらい鮮やかな色の方が絶対映えるわ」

自信たっぷりに答える母に、苦笑いしてしまう。普段ベーシックな色ばかり着ている自分をさりげなく批判されてしまった。昔はそうでもなかったけれど、大学生になってからはとくに、黒とか白とかグレーとか、自分で選ぶ服はそんな色のものばかりだ。

「ちょっとこっち来て合わせてみたら？」

「え、いいよ。寝起きだし」

「そんなこと言わないで、ほら」

おいでおいでをしている母は、少女のように声が弾んでいる。水をさすのも悪いと思い、従うことにした。

母はいそいそと立ち上がり、私の肩に着物をかけてくれる。そして正面に戻って、うっとりしたような表情で呟いた。

「ほら、やっぱり似合う。お母さんの思ってた通り」

「そう？」

「睦月はおばあちゃんに似て、目がぱっちりしていてパーツが綺麗だもの」

そう言って、母は私の手を取った。じっと見てから、ふふっと笑う。

「睦月は顔以外のパーツは私にそっくりなのよね」

「お母さん、いつもそれ言うね」

「だって本当のことだもの」

私は苦笑しながら肩にかかっていた着物をそっと取って、母に言う。

「もういい？　汚しちゃったら怖いし」

「ああ、そうね。片付けるわ」

母は私から着物を受け取り、大事に畳んで箱のなかのたとう紙にしまった。紙の端に付いた紐を結びながら、感慨深そうに言う。

「……いろいろあったわね、二十年間」

微笑みながらの一言は、私に小さなトゲとして刺さる。過去を振り返るとそこには必ず光輝の姿があるからだ。

「あんなに小さくて体の弱かった睦月が、こうして元気に成人式を迎えるんだから……お母さん、本当に幸せよ」

「……なに、改まって。照れるよ」

「ふふ。そうね、お母さんも照れる」

悪戯っぽく笑って、母は立ち上がった。「朝食の準備するわね」と言ってキッチンへ向かう。

病気で心配や迷惑をかけ続けていた私は、さぞ親不孝な娘だっただろう。それでもこうして成長した私を見て、母は幸せだと言ってくれる。

過去がどうあれ、私たちにはこれからがある。辛い記憶が心に亀裂を生んだとしても、両親を遠ざけるのは間違っていると頭ではわかっている。ちゃんと親孝行しなくちゃ、という気持ちだってある。そんなことを考えていたら、キッチンから声がした。

「明日はお父さんと会場まで送るつもりなんだけど、誰かと一緒に行くとか、予定はあるの？」

「べつに、誰とも約束はしてないよ。こっちの子たちとは全然連絡とってないし」

「そう」

光輝以外に、自分から会いたいと思う相手なんていない。中学でも高校でもそれなりに友達はいたけれど、卒業してからは頻繁に連絡を取り合うこともなく、自然と疎遠になってしまった。

「はい、お待たせ」

母が出してくれたのは昨日と同じくトーストのプレートだった。今日は卵がスクランブルエッグになっている。

「いただきます」

「はいどうぞ」

私が食事を始めると、母は温かいお茶をいれてから向かい側に座った。

「今日は？　どうするの？」

「え？」

「どこか出かける？」

「あー……うん」

歯切れの悪い返事をしながら考える。金平糖を食べる以外で、今日したいことは何だろう。

ふいに、昨日の記憶が過った。光輝と一緒に病院から抜け出したあの大冒険を、もう一度歩いて確認してみるのはどうだろう。

「この辺、散歩しようかな」

思いつきでそう言うと、母は頷いた。

「そう。お母さんは春日台にちょっと買い物があるんだけど」

「そうなんだ」

「一緒に行ってくれない？　食料品だけだから」

「うん、わかった」

春日台は、私が通っていた中学校があるエリアだ。さかき坂から車で約十分。

「じゃあ、食べ終わったら準備してね。午前中に済ませちゃいたいし」

「うん」

頷いて、朝食を食べる手を進める。ふわふわのスクランブルエッグがおいしかった。

春日台まではさかき坂のバス通りをまっすぐ下って、突き当たりの国道を左へ曲がる。大きな橋を渡ればすぐそこだ。

私はほとんどバス通学だったけれど、時々は光輝とこのルートを歩いて帰ることもあった。並んで帰る途中、この橋から見る景色は、開放感があって夕日がとても綺麗だった。

『わあ、すごく綺麗』

『ほんまやな』

『あれがマンションだから、四丁目あたりかな？』

『そやろな。その先の山が小学校の方やと思う』

『すごく遠く見えるねー……っ、ひゃっ』

『どうしたん？』

『今、めちゃくちゃ揺れなかった？』

『うん。でかいトラック通ったからやろな。この橋、けっこう揺れるよなあ』

『足元ふわふわする。何か怖いよ』

『大丈夫やって。ほら、手繋いだるから』

苦笑混じりに差し出された手を躊躇なく取れた頃が懐かしい。

車はスムーズに進み、目的のショッピングセンターに到着した。昔は肉屋さんや本屋さんなど小さな商店がいくつか集まっていた場所だったらしいけれど、今は綺麗に建て替えられてお店の数も増えている。

車から降りてスーパーに向かう途中で、母が「あら？」と声を上げた。

「あの子、こっちを見てるみたいだけど、お友達？」

「えっ？」

母の声につられてそちらを見ると、たしかに見覚えのある——記憶のなかでは黒髪だけれど、今はかなり目立つ金髪の女の人がこちらを見ていた。

「あ……」

あれは、元クラスメイトの岩下ルミだ。彼女だとわかった途端、胸のなかを嫌な感情が支配する。向こうも私が気づいたことを察知したんだろう、少しだけ目を細めた。

岩下ルミと決定的に折り合いが悪くなったのは、過去のある一件が理由だ。もう何年も時間が経っているというのに、彼女への感情はあの頃からうまく咀嚼できないままだった。

「知ってる子？　挨拶しなくていいの？」

母の声で我に返り、「ううん、大丈夫」とだけ返して目を逸らした。とくに変だとは思わなかったのか、母は「そう？」と言って歩き出したので、私もそれに続いた。

岩下ルミ。中一、中二と光輝と同じクラスで、クラスの中心にいるタイプの子だった。ハキハキしていて、自分の意志をしっかり持っていて、誰に対しても臆せずものを言う。私には信じられないことだけれど、納得がいかない時には先生に食ってかかることもあった。

が、誰ともフラットにぶつかって仲を深めていた彼女は、男女問わず人気があったように思う。

私とはまるで正反対の彼女が光輝のことを好きなこと、そして私のことをどう思っているかもわかっていた。でも私は何も知らない振りをして、逃げていた。

だからあの時……彼女は正面切って、私を攻撃してきたんだ。苦い記憶に、胸が疼いた。

買い物を終えて、行きと同じ道を通ってさかき坂へと帰る。あっという間に家に着くと、すぐに「お昼の準備するわね」と声をかけられた。

さほどお腹が空いているわけでもないので、「軽いものでいいよ」と伝えておく。リビングですることもなくぼうっとしていると、もう食事の用意ができていた。

両手を合わせて、お箸をとる。昼食は、ほかほかの湯気を立てる月見うどんだ。出汁は、関東のものよりずっと色が薄い。東京育ちの母だけれど、こちらに越してきてからは関西風の出汁を気に入って作るようになったらしい。だから私もこの味のほうが馴染み深くて好きだ。

「ああ、おいしい。温まる」

「おかわりもあるからね」

口から喉へ、喉から胃へ。熱い出汁が染み渡る。

午後からは、当初の予定通り散歩に出ることにした。部屋に戻って上着を羽織り、外の寒さに耐えるためにイヤーマフもつける。階段を下りて玄関へ。靴を履いていると母が寄ってきた。

「お散歩よね？　気をつけて」

「うん。いってきます」

手を振って、ドアを開ける。冷たい冬の風が、私の頬を刺した。

家を出ると、まずは坂を少し下りたところにある病院へ向かった。昨日見た記憶の余韻が残っているうちに、もう一度確かめたい。光輝と歩いた道を、そしてあの『ひみつきち』への道のりを。

今日も曇り空だけれど、昨日よりはまだ明るい。時々光が差しているせいだろう。時折びゅうっと吹き付ける風に、身が竦んだ。

イヤーマフをつけてきてよかった。春日台にいる時はさほど気にならなかったのは、車や店のなかにいたからかもしれない。

病院の前に立つと、不思議な感覚がした。長く入院していた、その後も何度も通った、よく知っている場所。それがとても小さく見えたからだ。

記憶にある病院の門はもっと大きくて、駐車場も広かった。こんなにこぢんまりしていたのか。

「……ここが、スタートだよね」

病院に背を向けて、坂道を見上げた。バス通りの両サイドに並んでいるのが、榊の木だ。この地域の名前になっているシンボル。それを知ったのはいつだっただろう。

あっという間に坂を上りきると、中央公園の入り口へと進む。赤いオブジェは記憶と変わらずそこにある。

あの時、公園を突っ切ったのはいい判断だった。バス通りを歩いていたら、きっと目立つ。もっと早くに誰かに見つかっていたかもしれない。

公園に入ると、すぐに藤棚のある場所に着いた。

「やっぱり」

何気なくつぶやいたのは、モグラの遊具があったはずの場所が砂場になっていたからだ。撤去されたのは知っていたけれど、記憶のなかの公園と違うのは、やっぱり少し寂しい。

気を取り直してまた歩き出すと、大きな滑り台沿いの歩道に出る。ここはあまり変化がない。滑り台ってこんなに短かったんだとか、遊具が一回り小さくなったように見えるとか、そんなものだ。

滑り台のてっぺんに着くと丸太小屋を左折して、グラウンドの方へ上る。昔と変わらずサッカーゴールがあるだけのシンプルな広場には、誰もいなかった。

公民館を横目に、テニスコートとバスケットコートの横を通り抜けて、地下道へ進む。できるだけ早足で薄暗い地下道を抜けて、光の差す階段を上がると、小学校へ続く歩道に出た。

ここまで来たらあとはまっすぐだ。緩やかに上りになっている歩道を進み、小学校とは反対方向の公園へ進む。ここまでは自分の過去の記憶だけでも十分たどり着けた。

ちらり、スマホで時間を確認すると、ここまでだいたい二十分足らず。子どもの頃に比べて十分以上早い計算だ。目に映るもの全部が小さく見えるのも、納得してしまう。あの頃とは違うんだ、全部。

記憶よりさらに小さい公園をぐるりと見回して、夢のなかで通った植え込みの切れ目を探す。あれかな、と目星をつけていくと、誰かが通ったように踏みならされている場所を見つけた。

「あった……」

記憶通りのものを見つけた喜びと、何とも言えない懐かしさが込み上げる。

ここを越えて、その先の土の壁を登っていけば、光輝の『ひみつきち』があるはずだ。そこに進もうと足を上げた瞬間。

「ちょっと姉ちゃん！　どこ行くんや！」

「っ！」

突然声をかけられて、驚いて振り向く。犬の散歩中らしきおじさんが、私を見て怪訝な顔をしていた。

「そっちは山しかないで！　危ないから勝手に入ったらあかん！」

「は、はい。すみません」

勢いのある怒声に勝てず、素直に謝った。するとおじさんはうん、と納得したように頷いてくれる。許す、というポーズだろうか。

「気ィつけや。こないだも山に入ろうとしてた子どもがおったんや。注意したら逃げてったけどな」

「子ども、ですか？」

「そや。なんやこそこそしとったわ。大方、山で遊ぼうとしたんやろけどな」

まったく、とでも言いたげなおじさんは不機嫌さを漂わせていて、少し怖い。

私は山を振り返り、光輝に連れられて登った土の崖に目を凝らした。何となくだけれど、道らしきものが見える。誰かが何度か踏み入ってできたような感じだ。

もしかしてその子たちは、何かのきっかけで光輝の『ひみつきち』を見つけたんじゃないだろうか。

山に囲まれたさかき坂は、町と違って自然に恵まれている。中央公園をはじめ公園はいくつもあるし、空き地もまだ点在している。山のなかだって、子どもにとっては格好の遊び場だ。

光輝の『ひみつきち』は、もうあの頃のままじゃないのかもしれない。少し寂しいけれど、別の子どもがまたキラキラした目をして新しい『ひみつきち』を作り上げているのなら、それはとても素敵なことかもしれないと思えた。

もう一度山の方に目をやると、さっきのおじさんがまだ私の方を訝しげに見ていた。また怒鳴られてはたまらないと、慌てて引き返す。

昨日の夢の通り、踏みならされた植え込みも、土の壁も本当に存在した。その先にはきっと、あの『ひみつきち』もあるんだろう。また次の機会に行ってみよう。

帰りも地下道を通った。そういえば、光輝はこの壁の塗り直しに参加したんだよね。私たちよりかなり先輩が描いていた絵が老朽化で剝がれてしまったことから、新たに塗り直すことになったたって。大きなテーマは学校のみんなで決めて、それぞれ好きな絵を描いたって言ってた。もちろん私はその場にはいない。けれど、光輝が作業のことをたくさん話してくれたから、私も一緒に参加したみたいに感じていた。

　改めて、地下道の壁に描かれた絵を見る。いろんな生物がいる大きな海に、太陽も月も混在している広い空。島もあって山や森もあって、街もある。この絵のなかで、光輝が描いたのは……。

「もしかして、これかな？」

　夜空に、金平糖みたいにカラフルな星がいくつか散らばっている。そうだ、光輝は星を描いたって言っていた。

　理由を聞いたら、『だってむつき、星好きやろ？』って笑ってくれて……。

　地下道を抜けて、空を見上げる。泣きそうになるのをぐっと目に力を入れて我慢して、息を吐く。

　この町を歩いていると、そこかしこに光輝の面影が浮かんでくる。

　私の思い出にはいつでもどこでも光輝がいた。彼がずっと私の中心にいてくれたから、今の私がある。


　ゆっくり散歩を楽しんで、日が暮れる前に家に帰った。

　部屋に戻るなりベッドの下の引き出しを開けて、日課となりつつある、金平糖の時間を迎えることにした。

「光輝、今日は春日台に行ったよ」

小さなビンに向かって、ぽつりと呟いた。と、同時に岩下ルミのことも思い出す。少しだけ苦い思いが甦って、ぶんぶん頭を振った。

今は、光輝との『約束』のことだけ考えよう。今日はどんな夢が見られるだろう。

そこに、『約束』のヒントはある？　私は少しでも、光輝の思いに近づけているのかな？

記憶のなかの光輝に会える喜びと、彼の気持ちに応えられているのかという不安が交錯しつつも、金平糖を一粒手のひらに出す。

指でつまんで、口へと放り込んでベッドに倒れ込む。甘い味が広がるのと同時に、いつものようにくらっとした感覚を覚え、私は夢のなかへと落ちていった。

目を開けると、私は硬い椅子に座っていた。

前には誰かの頭が並んでいて、黒板があって、教卓の前では見知った顔の教師が何かを話している。

あの先生が担任ってことは……中学二年の頃？

黒板の右端の日付は四月二十五日。日直は中村くんと野田さん。

記憶はいとも簡単に甦る。

「えー、今日は以上。じゃあ委員長、号令よろしく」

「はい。起立！」

ガタガタッと一斉に椅子を引く音が響いて、慌ててそれに倣う。ワンテンポ遅れてしまった。

「礼！」

「さようなら」

最後の挨拶が終わると、みんなが思い思いに動き出す。部活に向かう子、教室に残って友達とおしゃべりする子、委員会に向かう子。私はその波のなかで、自分はどうしていたかを必死に思い出そうとしていた。

小学六年生の時に受けた手術が功を奏して、ほぼ全快の状態にまで持ち直した私は、中学には普通に通えるようになっていた。

子どもだったから進行が早くて小学生の頃には危険な状態になったりもしたけれど、手術で好転してからは回復に向かうスピードも速かったと聞いている。定期的な通院はまだ必要だったけれど、他の子たちと同じような学生生活に戻れていたはずだ。

中一の時は光輝と同じクラスだったけれど、中二で離れた。知らない人しかいないクラスですごく不安だったけれど、やがて数人の女の子たちと仲良くなることができた。

ええっと、名前は……。

「睦月」

やや幼い愛しい声に呼びかけられて振り向くと、学ラン姿の光輝がいた。

昨日の小さな姿じゃない。身長も伸びて、顔立ちも少し変わっている気がする。彼は眩しい笑顔を浮かべて、私の机へと歩み寄ってきた。その表情に、ドキッとする。光輝ってば、いつもこんなに優しい眼差しで私を迎えに来てくれていたのか。改めて気づいたことで、ドキドキと心臓が騒がしくなる。

「帰ろ。今日はバスやんな？」

「えっ……と」

どうだったっけ？　中学時代は基本的にバス通学だったけれど、時々光輝と歩いて帰っていたはずだ。

「今日は……歩いて帰らない？」

せっかくなら、ゆっくり光輝との時間を楽しみたい。

「でも睦月、今日体育あったやろ？　体は疲れてへん？」

「大丈夫だよ」

いつもの調子で答えてから、ハッとする。前回、大丈夫だって言い張って倒れた苦い記憶があるから。

大丈夫だったっけ？　本当に？

自分に問いかけてみても、答えがはっきりとは出なかった。迷っていると、光輝は私の鞄を手にして笑う。

「無理せんと、バスにしよ」

「でも……」

食い下がる私に、彼はとっておきの提案をしてきた。

「そんで、中央公園の藤棚寄ってこ？　そろそろ満開やし」

「うん！」

力一杯頷くと、光輝は笑って「声でかいって」と私を小突いた。

光輝の後ろをついて教室を出て、廊下を進む。この頃の私たちの関係は、たしか……。

「おーい！　早瀬！」

考えにふけっていた私の後ろから、光輝を呼ぶ声がした。振り返ると、彼のクラス担任だった先生が駆け寄ってきていた。

「何ですか？」

「すまん、お前、美化委員やったよな。ちょっと頼まれてくれへんか」

「何をですか？」

「準備室の整理と器具の準備。明日、ちょっと使うんや。手伝ってくれ、頼むわ」

「わかりました」

「ほんまか！　さすが早瀬やなあ、助かるわ！　じゃあ先に行って鍵開けてるからよろしくな」

「はい、掃除の用意してから行きますね」

先生の頼みを快諾した光輝は、私に向き直って両手を合わせた。

「睦月、ごめん。先生手伝ってくるから、ちょっと待っといてくれへん？」

ああ、光輝ってこういう子だった。改めて実感する。

人からの頼みごとを、躊躇なく引き受ける。誰にでも優しくて、自分が荷を背負うことを厭わない。ブレない、そして懐かしい光輝の正しさを目の当たりにして、私も彼の役に立ちたいと思った。

「私も手伝うよ」

そう言うと、光輝の表情はわずかに険しくなる。

「あかん。準備室って埃っぽいやろ。マスクないから睦月はやめとき。具合悪なるかもしれんから」

ぴしゃり、放たれたのは私の体を気遣っての反対だ。こう言われてしまえば、私に反論の余地はない。

「……わかった」

しぶしぶ頷くと、光輝はまた優しい表情になった。

「待たせてごめんやけど、できるだけ早く終わるようにするから」

「うん、頑張ってね」

「ありがと。じゃあ行ってくるわ」

「いってらっしゃい」

小さくバイバイして、その背中を見送る。引き受けた光輝の荷物と自分の荷物を両手に持って、その重さにびっくりする。

「中学の時の鞄って、こんなに重かったっけ……？」

教科書とノート、もしかしたら辞書も入っているのかな。かなりの重量だ。二人分だとさらに。

早く教室に戻って、荷物を置こう。久しぶりに教科書とか、開いてみようか。そう思って急いでいたら、目の前に見覚えのある女の子が立ちはだかった。

「北野さん、ちょっといい？」

「えっ……」

腕組みをして、敵意をむき出しにしている彼女——岩下ルミを見て、思わずひるんでしまった。もちろん髪は鮮やかな金……ではなく、黒だったけれど。

「来て。話あるから」

「……………」

この呼び出しには覚えがある。苦い記憶に顔が歪んだ。

嘘でしょ？　今回はこの日なの……？

光輝と一緒の楽しい帰宅タイムのはずが、彼女との対決に変わるなんて憂鬱すぎる。どうにかやり過ごせないか考えるけれど……うまい手が浮かばなかった。迷っていると、先に進んでいた彼女が振り返って「早く！」と怒鳴りつけてきた。

「ったく、アンタほんまトロいな」

「………」

岩下ルミの吐き捨てるような物言いに、嫌悪感が募る。

彼女のこういうところが嫌いだった。誰もが彼女のようにハキハキと元気に、テキパキと要領よく、すべてをこなせるわけじゃない。

その一言に、私がどれだけ傷つくかなんてお構いなしだ。気が強くて、自信があって。誰にでも何でも、言いたいことを言える人。私とはまるで正反対。私のことを嫌いなら放っておいてくれればいいのにと、何度思ったことだろう。

岩下ルミに連れて行かれたのは、体育館のギャラリーに通じる階段の踊り場だった。部活に励む学生たちのいろんな声が混ざり合って聞こえる。しんと静かとは言い難いけれど、誰も通りそうにないという理由で選んだんだろう。

ああ……嫌だなあ。そんな気持ちがまた強くなる。

彼女に何を言われたか、細部まではっきりとは思い出せない。けれど言いたい放題言われたその後で、何も言い返せない悔しさや憤りを消化できず、光輝に八つ当たりしたのを覚えている。

私に真正面から向かい合った岩下ルミは、さらりと流れるボブヘアを揺らしながら言った。

「アンタさあ、光輝と付き合ってないんやろ?」

単刀直入な質問に、私は「……うん」と小さく頷いた。

光輝と私が付き合ったのは、中二のさかき坂の夏祭りでのことだ。両親とも不在だったから、初めて光輝と二人で行くことにした。

光輝と特別な思い出を作りたくて、祖母に教えてもらって浴衣の着付けを必死に練習したっけ。何とか一人で着られるようになった浴衣姿を、光輝は『可愛いな』って言ってくれた。

会場が中央公園のグラウンドだからお祭りと言っても規模は小さい。けれど私は、地域の人たちの手作りで行われるこのお祭りが好きだった。日常のなかにポンッと生まれるお祭りという非日常の高揚感にワクワクするからだ。

——あの日、光輝が好きだって言ってくれて、私もそれに応えて、想いがつながった。

大切な思い出だ。

だからその直前にあたる中二のこの時期、私たちはとても微妙な関係だった。そんな時に、私は岩下ルミの襲来に遭ったのだった。

「まどろっこしいの苦手やからはっきり言うけど、迷惑やねん」

「…………」

「知ってると思うけど、あたしは中一ん時から光輝が好き。付き合いたいって意味でな。だから邪魔せんといて欲しいねんけど」

「……邪魔、なんて」

　思わず呟くと、岩下ルミの目は鋭くなった。

「邪魔やんか。いっつもいっつも光輝の背中に隠れて、付きまとって。体弱いかなんか知らんけど、そんなんで光輝のこと縛んのやめたら？　もう解放したりーや」

「っ……」

　ずきん、と胸が痛む。岩下ルミのせいじゃない。小さな疑念が浮かんだからだ。

　私、光輝の重荷になってた？

　言われてみればたしかに彼は、いつも私の体調を気遣ってくれていた。さっきだってそうだ、体育で体力を消耗しただろうからバスで帰ろうと言ってくれた。準備室の埃を理由に掃除の手伝いも断った。少し走って息切れしただけで大げさなほど心配したし、私の体の変化にも誰よりも早く気がついた。クラスメイトたちが「過保護だー」って騒ぐくらい、彼は私に優しかった。

　昨日の記憶で、その理由がよくわかった。

　光輝はきっと、自分が病院から連れ出した日に私が倒れたことをずっと気にしていたんだ。もう二度と同じことを繰り返さないように、気を張ってくれていた。私がいつだって笑っていられるように、明るく楽しく生きられるように、大事にしてくれていた。……ずっと、長い間。

「そういう顔すんのも、ずるいわ」

「何……それ」

「傷つきましたーって顔。めっちゃアピールしてくるやん。あたし悪くないのにーみたいなさあ」

「っ……」

そんなつもりは、ない。が、思い当たる節はある。

この頃の私は、彼女に対しての鬱憤を光輝にぶつけていた。だって、こんな風に岩下ルミに攻撃されるのは、私のせいじゃないのに、って思っていたから。

光輝がはっきりしないから悪いんだ、はっきり彼女の気持ちを撥ねつけないから悪いんだ、って。

それもはっきりとそう口に出すわけじゃなくて、光輝には機嫌が悪いことを見せつけるだけ。言わなきゃ何もわからないのに、黙って不機嫌になっていた自分を思い出す。

「中一ん時から思ってたけど、アンタ自分の意思とかないん？　いつまで光輝に守ってもらうつもりなん？　いっつもなんかビクビクしてさあ……見てて腹立つ。光輝も迷惑してるに決まってるわ」

岩下ルミは過去の私の弱いところを的確に突いていた。

過去の私は、何も言い返せなかった。図星だったからだ。戦うことを放棄して、全部人のせいにして、逃げた。

でも今は、違う。光輝が死んでしまった今、数え切れないほど溢れた後悔を、そのままにしたくない。

「光輝は……迷惑だったら、私にそう言ってる」

私がそう切り出すと、目の前の岩下ルミは「は？」と眉を寄せた。

「嘘つかない人だもん、光輝は。そりゃ、義務感はきっとあるんだろうけど……でもそれだけで私のそばにいてくれるんじゃないって信じてるから」

「何なん、急にようしゃべるやん」

驚いたような顔をしている彼女の目を、私はしっかり見つめ返した。

光輝の性格や考えていることを全部、知っているわけじゃない。それでも私は、十年近くそばにいて光輝だけを見つめてきた。

「悪いけど、岩下さんの言う通りにはできない。光輝から離れるなんて、絶対しない。だって」

過去の私は彼女の要求を飲むことも反論することもできずに、泣くだけだった。

でもこの時期の光輝との時間がどれだけ幸せだったかを実感している今では、彼女に言われっぱなしでいるなんて、耐えられなかった。

もう俯かない。怖くない。だって。

「私も、光輝が好きだから。私には光輝だけだもん。出会った時から、今も、ずっと」

これだけは絶対に、譲れない。誰に何を言われたって、変えられない。

黙って聞いていた岩下ルミは、じっと私の顔を見ている。次は何を言われるだろう、と緊張しながら待っていると、彼女は「なーんや」と気の抜けたような声を出した。

「言えるんやん、自分の思ってること」

「え？」

「どうせメソメソ泣くんやろって思ってたわ。誤解してたかなあ、アンタのこと」

うーん、なんて言いながら、頭をかく。彼女の纏う空気が一変したことに気づいても、いきなりの変化に戸惑うしかなかった。何も言えないでいる私の胸元を、岩下ルミはトン、と小突いた。

「今の、宣戦布告として受け取っとくわ」

「えっ？」

「あたしら今から、ライバルな。まあ、微妙に不利な気もするけど……あたしはあたしで頑張るから。アンタも頑張りや」

そう言って、彼女は踵を返した。

……待って、これってどういう状況？

いきなりのライバル宣言の意味もわからない。混乱した私は、思わず彼女の手を引いていた。

「おわっ、何やの、ビックリするやんか」

「あっ、ごめんなさいっ」

思ったより強く引っ張ってしまったらしく、岩下ルミは体勢を崩した。それでも怒った様子はない。さっきまでの彼女の雰囲気との違いに混乱が収まらず、私はとりあえず質問を投げかけた。

「あの……ライバルってどういうこと？」

「ライバルはライバルやんか。恨みっこなしのガチバトル。どっちが光輝の彼女になれるか、勝負やで」

わかりやすくファイティングポーズをとる岩下ルミ。そのカラッとした様子は、いっそ清々しい。

私のことを嫌ってたはずなのに、どうしていきなり？

疑問の答えはもらえなかったけれど、彼女は「っしゃ！」と気合いの入った声を出した。

そしてしれっとこんなことを言う。

「ほんならさっそく告ってこよかな」

「ええっ⁉」

思わず叫んだ私を気にした様子もなく、岩下ルミは続ける。

「アンタがここにおるなら光輝は一人やろ。チャンスやん」

「で、でもだからってこんな急に……」

「あたしにしては待った方やもん。一年近く片思いとか、性に合わんわ」

そう言って、軽やかな足取りで階段を駆け下りていく。

「ほんなら、お先ー」

ひらひら手を振って去っていく彼女を呆然と見送る。その姿が見えなくなった途端、私はぺたんとその場にへたり込んでしまった。

「……ああいう人、だったんだ……」

勢いがあって、ストレートで。ズケズケものを言うけれど、その分一切のごまかしも卑怯さもない。

これまで抱いていた岩下ルミへの嫌なイメージが、すうっと霧散する。言いたいことを言えたこともあって、心も晴れやかだった。

「……あれ？」

これって記憶の再現なんだよね？　でも十九歳の私の意思で、過去が変わってない？

ちょっとわからなくなってきた。

「とりあえず教室、戻ろ……」

光輝に待っててと言われたのだからその通りにしなくては。でも。

もし光輝がこのタイミングで岩下ルミに告白されたとしたら、彼は何て答えるのだろう。

微妙にモヤモヤしたものを抱えながら、私は教室へと向かった。


「睦月ごめん、遅なって」

数十分後、そう言って教室に駆け込んできた光輝は、少し汗をかいていた。私は鞄からハンカチを取り出して、彼に差し出す。

「ううん、大丈夫。お疲れさま」

「ありがと。帰ろか」

「うん」

私のハンカチで汗をぬぐった光輝が、ふーっと息を吐く。急いで戻ってきてくれたんだと思うと、愛おしさが加速していく。

「掃除、大変だった？」

「掃除はええねんけど、片付けがなあ。古いプリントの束、大量に捨てなあかんかったりして」

「そうなんだ」

「埃だらけやったし、やっぱり睦月は来なくて正解やったな」

「そっかあ……」

ふと、岩下ルミのことが頭をよぎる。

私がいなかったから、彼女の告白を受けられた？　だから来なくてよかった……って意味じゃないよね？

なんて、卑屈すぎる発想を慌てて打ち消した。光輝は絶対にそんなこと思っていない。

私たちが通う春日台中学校のある町は、さかき坂とは違って中心にまっすぐ大きな国道が通っている分、栄えていて華やかだ。コンビニだってある。

さかき坂小出身の子たちの通学手段は徒歩かバス。徒歩だと四十分くらいかかってしまうけれど、バスは本数が限られるからか、徒歩通学の子の方が多かった。

中学の裏門を出て、細くて長い階段を下りる。バス乗り場には正門よりもこっちの方が近道だ。

「睦月、手すり持って」

「大丈夫だよ」

「あかん。踏み外したら危ない」

「……はーい」

まるで父親だなあ。なんて思いながら光輝に従った。

ひんやりした手すりを支えに、階段を下りる。たしかに裏門の階段は急だ。男子なんかは平然と駆け下りていくけれど、私にはとてもできない。

階段を下りきって、背中に太陽の熱を感じながら住宅街を抜けていく。影がだいぶ伸びている。時間を見ると、もう十七時前だった。

「ねえ、藤棚行けるかな？」

「うーん、どやろ。日が暮れる前には帰らなあかんし」

「ええー」

不満の声を上げると、光輝は苦笑する。

「しゃーないやん。また明日、な」

「明日……」

おそらく今の私に、この中学二年の四月二十六日という明日は来ない。昨日もその前も、あっという間に現実に戻っていた。

　こうやって光輝の隣にいられるのは、夢みたいに儚い時間。簡単には諦められず、私は食い下がった。

「今日が満開かもしれないんでしょ？　ちょっとだけ行こうよ、ね？」

「ええ？」

「お願い！　ちょっとでいいから」

「どうしたん、今日はえらい粘るやん。明日じゃあかんの？」

「明日じゃダメなの、今日じゃないと！」

　力強く言い切った後で、自分の声の大きさに驚いた。光輝も同じだったんだろう、目を丸くして足を止めている。ハッと我に返り、急に恥ずかしくなった。

　まるで子どものワガママだ。必死すぎるし、なんかバカみたいだ、私。やっぱりもういい、そう言おうとしたら、光輝が先に、笑って折れた。

「わかった。じゃあ行こか、藤棚」

「えっ……」

　いいの？　という気持ちが顔に出ていたに違いない。小さく噴き出した光輝が、「でも」と付け足した。

「ちょっとだけやで。日が暮れるまでな」

「うん……！」

嬉しかった。まだ光輝と一緒にいられるんだと思うと心が弾んだ。

バスに乗って十五分足らずで、さかき坂に着く。いつものバス停で降りて少しだけ坂道を上ると、公園の入り口だ。そこから短い階段を上がればすぐに目指す藤棚が見えた。

「うわあ、綺麗」

「そうやなあ」

私は吸い込まれるように藤棚の下へと入った。薄紫色のグラデーションが頭上に広がる。幼い頃は垂れ下がる花がブドウに見えて、おいしそうなんて思っていたっけ。今こうして光輝と一緒に見る藤の花は、特別に綺麗だった。

「座る?」

「うん」

藤棚の下にある、正方形の大きなベンチに並んで座る。傾いた太陽の色と藤の花の色が対照的だけど美しくて、額に入れて飾っておきたいくらいだ。

「来てよかったな。満開や」

「本当に綺麗だね。光輝と見られてよかった……」

さかき坂にはこんなに素敵な場所があるのに、そんなことも忘れていた。

藤の花。夕日。影を作る樹木。砂場のモグラ。小さなブランコ。隣に、光輝。目に映るすべてを匂いまで全部、もう二度と忘れないように、必死に心に刻む。

「どうしたん、しみじみと」

「え？　うん……ちょっとね」

「何か変やな、今日の睦月」

笑いながらそう言われて、ぎくりとしてしまう。

今の私は中学二年生の私じゃない。この後、たくさんの幸せをあなたからもらうことを知っている。そしてそれを全部、自分の嘘のせいで失くしてしまうことも……。

私がじっと光輝を見つめているからか、彼も私から目を逸らさなかった。

太陽が輪郭を照らして、オレンジ色を帯びているその顔も。短く整えられた黒髪も、少し窮屈そうにも見える詰襟からのぞく首元も。光輝を形作るすべてが奇跡みたいに思えて、泣きそうになる。

「……睦月？」

瞳が潤んだことを悟られたのか、彼の眉が少しだけ歪んだ。私は鼻をすすって、笑ってみせた。

「……へへ、何でもないよ、大丈夫」

「睦月の大丈夫は大丈夫やないからな」

「信用ないなあ」

冗談まじりのやりとりが心地いい。こうしてずっとそばにいたい。全部やり直したい。

「岩下と、友達なったんやって？」

「えっ」

突然岩下ルミの名前が出て、動揺してしまった。

友達になった？　私が？　そんなの初耳だ。ライバル宣言はされたけれど……。

「何か、睦月のこと『見直した！』とか言ってたで。何話したん？」

「え、えっと……」

どう答えていいものかわからず、私は言葉に詰まってしまう。

中学の時、光輝とこんな会話、したことあったっけ？　必死に記憶を掘り起こすけれど、心当たりはない。岩下ルミとのやりとりを思い起こしても友達になったなんて覚えはなかった。

「えーっと……ただ、言いたいこと、言っただけだよ」

「言いたいこと？　何？」

「そ、それは秘密！　女子だけの話だから！」

「ふうん……」

納得しているようなしていないような。複雑な表情を見せる光輝だけれど、これ以上は言えない。

「睦月が言いたいこと言うなんて、珍しいな」

「そう……かな？」

「そうやろ。全部、溜め込むタイプやん」

「そう？」

「うん。いつ爆発するんやろって、心配なくらいやった」

ははは、と軽く笑う光輝には、全部お見通しだったのかもしれない。勝手に拗ねていたことも、岩下ルミとの衝突も。

そういえば、岩下ルミの告白はどうなったのかな？　本当にあの後光輝に会いに行ったんだとしたら、やっぱり言ったんだよね？　好きだって。光輝はいったい何て返事したんだろう……？

ちらり、彼の方をうかがうと、ばっちり目が合ってびっくりした。真剣な表情で、光輝は私の手をぎゅっと握った。

「なあ睦月」

「ん？」

「俺、睦月のことが好きや」

「へっ……!?」

驚きのあまり、反応が遅れる。

ちゃんとした告白は夏祭りの時のはず。このタイミングで言われるということは、きっと今の私が抱いている感情と同質のものじゃないんだろう。すぐに気持ちを立て直して、さらっと返す。

「知ってるよ、私も好きだし」

だってよくわかっている。光輝が私のことを大事にしてくれていること。私にとって初めての『友達』として、好きでいてくれることも。

ただ、私の方はそういう意味での『好き』とはもう違っている。改めて口にした言葉に心臓が高鳴った。

ところが、平静を装っている私に、光輝は「あ、違うで」と切り返してきた。

「言うとくけど、友達としてじゃなくて、彼女になって欲しいってことやで」

「え？　それって……告白……？」

「うん。睦月、俺と付き合ってください」

とっておきの笑顔で、光輝が私を見つめている。でも。

「ま、待って！　違う……！　だってそれは夏祭りで……！」

「夏祭り？」

「あっ、ええと、そうじゃなくて……！」

今の光輝に言っても意味がないことを口走ってしまう。でも急に早まった告白のタイミングに、動揺しかなかった。

何で今日？　いきなり？

パニックに陥った私を引き戻したのは、手の震えだった。私のじゃない、力強く私の手を包む光輝の手がわずかに震えているのだ。

平気そうな顔をしているけれど、彼だってきっと緊張しているんだ。

夏祭りの日だってそうだった。初めて指を絡めて手を繋いだあの時も、光輝は私に見えないように少し前を歩いていたけれど、私は知っている。彼が耳まで真っ赤になっていたことを。

「睦月。返事、ちょうだい」

「あ……、と」

ゆっくりとした口調だったけれど、私の意識を彼の告白へと引き戻すには十分だった。大好きな光輝からの告白。答えなんて一つしかない。

「私も……光輝が好き。光輝と、付き合いたい、です」

そう言って、手をきゅっと握り返した。光輝が好き。ずっとずっと、私には光輝だけ。まるで全身が心臓になったかのように、ドキドキが頭の上から指の先まで駆け巡っているみたいだ。初めて告白してもらった時と同じくらいに……ううん、もう二度と聞けない『好き』の言葉をもらえた分、あの時よりももっともっと嬉しくて幸せだと思う。だけどどこかで、もう二度とこんな時間は訪れないとわかっている自分もいて、胸がぎゅっと締め付けられた。

記憶とは全然違うシチュエーションだし、告白の仕方も返事の言葉も、違っている。それでもやっぱり、気持ちは同じだった。

「……よかった」

ぽつりと呟いた光輝は、少し照れ臭そうに笑った。私もつられて笑う。嬉しさとおかしさがごっちゃになったままで。

ふーっと、大きく息を吐き出した光輝が頭をかいた。

「あー……めちゃくちゃ緊張したー……」

「本当に？」

「当たり前やろ。何か自然に言うてもうたけど」

「ほんと、めちゃくちゃさらっと言ったよね」

「睦月、最初意味わかってなかったもんな」

「だっていきなりだったし！　あんな風に言われるなんて思ってなかったから……」

「うん、それはごめん。でも何か、この景色見てたらさ」

さっきよりも色が濃くなった夕日。満開の藤の花。遊具の影。世界は綺麗なものでできているって、今なら信じられる。

「言わなって思ってん。もっといろんな睦月を、友達じゃない睦月を見たいって思ってるってこと」

「……うん」

私も同じ。もっといろんな光輝を見たい。知りたい。

初めて友達になってくれた彼は、彼氏になってから……もっと私を大事にしてくれるって知っているから。

「それに、ちょっと焦ってたし。睦月、男子にけっこう人気あるからな」

「はっ!?　そんなわけ……！」

「睦月が知らんだけ。男子に対しては女子以上に人見知り発揮するしな。遠巻きに見てる奴、何人か知ってるし」

「そ、そうなの……？」

知らなかった。光輝以外の男子は何だか怖いし、近づかないようにしていた。光輝しか見えていなかった私が、他の男子に気持ちが向くなんてありえないのに。

ちょっとだけ意地悪な気持ちが芽生えて、ちくりと刺してみる。

「でも、光輝だって……岩下さんに告白されたでしょ」

「えっ、何で知ってるん？」

「本当にしたんだ……」

自分で言って、驚きのあまり言葉を失ってしまった。速攻すぎるよ岩下ルミ。さすが有言実行だ。

呆れるよりも感心している私に、光輝ははっきりと言った。

「でも、断った。俺には睦月しかおらんから」

……最高の、殺し文句だ。いつだって優しかった光輝の、思いがけない強い言葉にぐっときて、くらくらしてしまう。

過去の私が心配していた他の女子たちへの嫉妬も、数年越しに吹き飛んでしまった。こんなにはっきりと『私だけ』と口にしてくれたら、不安になる隙もない。

光輝ってば、こんなに甘い言葉をくれる人だったんだ。知っているけど知らない、新しい光輝の顔を、今更見つけるなんて。

この頃の私はいいな。これから五年もの間、ずっと光輝のそばにいられるんだから。なんてことない会話を楽しんだり、時にはふざけ合ったりして、一緒にいるだけで満たされるような幸せな時間を、これから何度も過ごすことができる。今の私が永遠に失ってしまった光輝との日常。そのかけがえのない日々を……一分一秒を心に焼き付けるみたいに、もっと大切に過ごせたらよかったのに。

泣きそうになるのを堪えていたら、視界が歪んできた。途端にめまいが襲ってきて、現実に引き戻されるんだと直感した。

まだもう少し。もう少しだけこの余韻に浸りたい。

「睦月？　どうしたん？」

光輝の声が遠くなっていく。抵抗を試みるけれど、無駄だった。すぐに世界が暗転した。

一月十二日　4粒目

カーテンを開くと、これ以上ないほどの晴天だった。

真冬なのに温かい光が部屋に差し込んでいる。風もあまりなさそうだ。寝起きのまま外を眺めていたら、ドアをノックする音がした。

「睦月、起きてる？　もうあと十分くらいで出るわよ」

「わかった」

母の声に返事をして、カーテンを閉める。自然と、ため息が漏れた。

今日は成人式。真面目な光輝はきっと成人式に来るに違いない。二年ぶりに顔が見られる。頑張れば、少しくらい話すことだってできるはずだ。

数日前はそう思っていた淡い期待が、今は空しい。

昨日の夢で胸がいっぱいになった分だけ、心にぽっかりと穴が空いたように感じる。

藤棚の下で手を繋いだあのぬくもりが、まだ残っている。夏祭りの告白も幸せだったけれど、紫の淡い色を帯びた夕日に照らされる光輝の姿はカッコよかった。まるでもう一度告白してもらったみたいで、幸せだった。

考えれば考えるほど、昨日のときめきが余計に辛くなる。成人式への楽しみなんて一つも持てなかった。

父の運転で予約していた駅前のヘアサロンへ向かう。なかに入ると、早朝なのに人でいっぱいだった。皆、成人式のためで、ここにいるのは私と同い年の子だけだと思うと、何だか不思議な感じがする。

すぐに席に通されて、座ると同時にメイクが始まった。赤い着物に合わせたピンクを主役にしたメイク。

派手にして欲しくないという私の希望を汲んで、着物に負けないけれどナチュラルに仕上げてもらう。

さすがプロだ。迷いがないし、早い。ヘアセットも同様で、ほんの十数分で出来上がったのには驚いた。あっという間にヘアメイクが完了して、着付けに入る。ここまでたぶん、三十分もかかっていない。

周囲は慌ただしくて流れ作業な感じは否めないけれど、仕上がりがいいので文句はなかった。

着付けの担当だという人は、母より年配の女性だった。私の着物を手に取って、感心したように呟く。

「ああ、ええ着物やねえ、柄も華やかで可愛いし」

「ありがとうございます」

「最近は黒とか寒色が流行ってるみたいやけど、やっぱり赤は格別やね。華やかさが違うわ」

母の見立てはこの人のお眼鏡にかなったらしい。自分で選んだわけではないけれど、こうして褒められると悪い気はしなかった。

そして始まった着付けは……ヘアメイク以上に早かった。襦袢を着たと思ったらあっという間に帯まで結ばれていた。ほんの十分くらいで、担当の女性が「はい、完成」と言って帯をポンと叩く。

「苦しいところはない？」

「あ……はい」

着物の着心地の正しさなんて知らないけれど、苦しさや違和感はない。

私はスタッフの人に促されるまま店の出口へと向かう。ヘアサロンだけに、そこらじゅうに鏡があるからつい自分の変貌ぶりに目がいってしまう。

髪も、メイクも、服装も、いつもとまるで違う。もし光輝が見たら、何て言ってくれたかな。

私より誕生日が早い光輝は、もう二十歳になっていた。どんな大人になっていたんだろう。成人式にはスーツで来たのかな。それとも袴？　どちらも似合っていたに違いない。

……大人になった光輝に、会いたかった。

「睦月、すごく可愛いわ！　よく似合ってる！」

入り口付近で私を待っていた母が、嬉しそうに声を上げた。ちょっと恥ずかしくて、私は「そうかな？」と首をかしげて見せた。

「お化粧も可愛いわね。睦月は肌が白いから、ピンクが映えるわ」

「褒めすぎだよ、恥ずかしい」

「娘を褒めて何が悪いの。本当に可愛いんだからいいじゃない」

「もう、言いすぎだって」

照れてしまうほど褒めちぎられて、居心地が悪い。

車へと戻ると、運転席に座っていた父は驚いた顔をしてドアを開けた。

「すごいな、急に大人になったみたいだ」

「そう？」

「ああ。綺麗だ。よく似合ってるよ」

「お母さんも同じこと言ってた」

「本当のことだからな」

ふっと笑みを零した父が、私のために後部座席のドアを開けてくれる。「ありがとう」とお礼を言って、帯をつぶさないように気をつけてそっと座る。

「次は写真ね」

「いつもの写真館でいいんだよな？」

「ええ。予約よりちょっと早いけど、大丈夫でしょ」

どこかウキウキした様子の両親とともに、次の目的である写真撮影へと向かった。

撮影は、予想以上に緊張した。何度もシャッターを切られるのも、それを両親に見られているのも恥ずかしい。「睦月！　笑って！」なんて母が声をかけてくるから余計に。

最後に家族写真も撮ってもらった。椅子に座る私と、その後ろに並ぶ両親。画面のなかの家族は幸せそのものの形をしているようだと、ぼんやりと思った。

送り届けてもらった成人式の会場は、鮮やかで華やかな色に彩られていた。

色とりどりの着物を着た女子たちが中心を占拠していて、スーツ姿の男子たちは植え込みや壁際など端に散らばっている。

市内に同級生がこんなにいたなんて。中学でも高校でも、友達は数人できた。けれどこの二年間、ほとんど誰とも連絡を取らなかったから話しかけられる相手もいない。

とりあえず会場の奥へと進んでいくと、ちらほら見覚えのある顔もある。が、あの頃ならまだしも、数年間のブランクは痛い。人見知りが再発して、こちらからは声をかけることができなかった。

仕方なく式典の受付をして、会場の端っこの席に座った。ステージの上には金屛風と花が飾られていた。日本国旗と市旗が並んでいて、少しだけ格式張った印象を受ける。

「うわー！　久しぶりー！」

「こないだあの子に会ってさー」

「えー！　今何してるんー!?」

そこかしこから聞こえてくる同級生たちのにぎやかな声に、私はそっと目を閉じてやり過ごした。

一人でいることには、慣れつつある。それでもここに光輝がいてくれたら、と思わずにはいられない。『睦月、何寝てるん』なんて優しく突ついてきて、私に笑いかけてくれる。

そんな妄想を、何度繰り返したって現実は変わらないのに。

成人式は滞りなく、無事に終わった。

ぞろぞろと会場から人が出て行く。それに飲まれるように、私も外へと出た。

着なれない振袖は動きづらい。混雑の波に負けて、つまずきそうになるのを何度か堪える。ゆっくりと足を進めてやっと会場から出られた、その時。

「ああー！　睦月!?」

突然名前を呼ばれて、驚いて足が止まる。声がした方向に振り返ると、深緑の振り袖姿の人がいた。私を指差しているその顔は。

「……もしかして……、岩下さん？」

「そう！　って、岩下さんって！　他人行儀すぎるやろ！　前みたいにルミって呼んでくれへんかなあ」

明るく笑いながら私に駆け寄って来たのはまさに昨日夢のなかで対峙した、岩下ルミだった。

黒髪ではなく編み込みなどを施された金色のボブヘアが、太陽の光を受けてキラキラ輝いている。

「中学卒業以来やんな？　懐かしいなあ」

「ええと……、うん、そうだね……？」

人懐っこく話しかけてくる彼女に、違和感が大きくなる。

あれ？　私、岩下さんに嫌われてたんじゃなかったっけ……？

昨日ショッピングセンターで会った時だってむしろ睨まれていたと思うくらいなのに。どうして彼女はこんなにフランクに話しかけてくるんだろう？

不思議に思いながらも、目の前の岩下ルミに調子を合わせる。

「着物可愛いなあ。睦月って感じやわ」

「あ、ありがとう。いわ……じゃなくて、ルミちゃん、は、かっこいいね」

「そやろ？　目立つかなーと思ったんやけど、意外とカブっててショックやわ」

「あはは」

そうは言うけれど、髪色のせいもあって岩下ルミはとても目立っていた。深い緑色がベースになった大柄の着物も個性的で、今の彼女の雰囲気に合っている。

「睦月って今何してるん？」

「大学生だよ。東京の大学なんだけど」

「えっ、じゃあ一人暮らし？」

「そう。だいぶ慣れたよ」

「えー睦月が一人暮らしとか大丈夫なん？　何か心配やわー」

岩下ルミは少しからかうような顔をした後で、おかしそうに笑った。やっぱり、人から見ても私は頼りない人間に見えるんだと思い知らされて気恥ずかしい。

ひとしきり笑った後で、彼女は「でもまあ」と言って私の肩にぽん、と手を置いた。

「睦月はやるときはやる子やもんな！　中二ん時、あたしに正面切って言い返してきたくらいやし！」

「えっ……」

懐かしいわあ！　と明るく笑う岩下ルミの発言に、固まった。中学二年の時といえば、昨日の夢のことしか思い当たらない。

たしかに、夢のなかで岩下ルミに呼び出された私は、ちゃんと言い返したことでライバル認定されて、光輝の話ではいつの間にか友達になっていた。

けれど私の記憶では、私はただ言われっぱなしで泣くだけで、彼女にますます嫌われたはず。

混乱して何も言えない私に気づかないのか、岩下ルミは「でもさあ」と続ける。

「まさかあたしが告ったその日に光輝と付き合うとは思ってへんかったわ。早すぎん？あたしが言うのもなんやけどさあ」

……ちょっと、待って。

その日のうちに付き合った？　それは昨日の、私の夢のなかの話でしょ？

実際は違う。夏祭りの夜、帰り際に言われたんだもの。『睦月、好きや。俺と付き合って欲しい』って。『うん』って答えて、その日が私たちの記念日になったはずなのに。

昨日書き換えた夢が、岩下ルミの記憶にまで影響している？

そんなの変だ。でもそれ以外にこの現象の説明ができない……！

ぐるぐる回る疑問と謎で、頭がパンクしそうだ。そんななか、岩下ルミがハッと気づいたみたいに言う。

「そや。光輝のこと、ショックやったよなあ……」

「あ……うん」

「お通夜では見んかったけど、葬儀の方に行ったん？」

「うん。お通夜には間に合わなくて」

「そっかあ。東京からやと遠いもんな」

岩下ルミの表情がみるみるうちに沈んでいく。私もきっと同じような顔をしている。でもそこで終わらないのが彼女だ。私の手を取って、ふふっと笑った。

「睦月が、元気そうでよかったわ。久々に顔見られてホッとした」

「うん……私も」

過去の私にとって、岩下ルミとの間にいい思い出はなかった。けれど昨日の夢がそれを塗り替えてくれている。

昨日、彼女と正面切って話せたことが、小さな自信になっている。言いたいことを言えた、それだけのことが、こんなにも気持ちを変えてくれるなんて不思議だけれど。

「光輝のお通夜な、同級生めっちゃ来てて。人柄やろなあ、みんな光輝のこと惜しんでたわ」

「そっか……」

「睦月にはライバルやーって宣言しといて、あっという間に振られたけど……光輝のこと好きやったこととか中学の時のこととか一気にぶわっと思い出して……何かもう、泣けてきて。あの時に戻りたいなあ、って思ったわ」

潤んだ目で微笑む岩下ルミの言葉に、衝撃を覚えた。ライバルだと宣言して、その直後に振られたという彼女。それはまさに、私が昨日体験した夢のなかの出来事だった。

『まさか』という気持ちと、『本当に？』という気持ちが交差する。

一度くらい、考えてみるべきだったんだ。金平糖が引き起こす夢。あれがもし、ただの昔の夢ではなく過去に戻っているのだとしたら。私が見ていたのは夢じゃなくて、過去のやり直しだとしたら。『あの時に戻りたい』……それがもし……叶うのなら……！

体のなかで自分の鼓動の音だけが強く響いている。言いようのない焦燥に駆られて、私は鞄からスマホを取り出した。

「睦月？」

私がいきなりスマホなんか出したからか、岩下ルミは訝しげに私を見た。スマホを操作する手を止めて、彼女に向き直ってその手をぎゅっと握った。

「いわ……じゃない、ルミちゃん、ありがとう！」

「えっ？」

「会えてよかった！　でも急用ができたの、また今度、ゆっくり会いたい。ええと、連絡先……これ、今登録してくれる？」

「えっ、いやまあ、それはええけど。でもどうしたん、急に……」

戸惑いを隠せない様子の岩下ルミは、それでもスマホを出してくれた。共通のメッセージアプリに登録してもらって、すぐに私も登録する。ずっと怪訝な顔をしたままの彼女に、私は笑った。

「光輝に、会えるかもしれない。まだわからないけど……」

「えっ⁉」

ひっくり返ったような声を出した岩下ルミの手を、再び強く握って言う。まるで決意表明のように。

「だから私、頑張るね！　今日は本当にありがとう！　ルミちゃんのおかげで、いろいろ気づけたから！」

「えっ、う、うん……」

「じゃあまた連絡するね！」

手を振って、その場を離れた。気持ちが逸って、自然と足も速くなる。

スマホで母を呼び出すと、三コール目で繋がった。

「もしもし、お母さん？　今どこ？」

「あら睦月、もう成人式終わったの？」

「うん、すぐに帰りたいんだけど」

「ごめんね、もうちょっと待てる？　まだお買い物の途中なのよ。今晩はお祝いしなきゃって……」

「そうなんだ、わかった。バスで帰るね。それじゃ！」

「えっ、むつ……」

向こうでまだ何か話していたけれど、私は勝手に通話を切った。

プツッという電子音に申し訳なさを感じるより先に、足が動く。迎えにきてくれる予定の両親でさえももう、待っていられない。

市民会館を出てすぐのバス停で時刻表を見た。と、その時、さかき坂行きのバスが目で確認できるくらい近づいてきていることに気がつく。

一時間に一本しかない路線なのに、奇跡的なタイミングだ。小さく興奮しながら、停車したバスに乗る。席は空いていなかったけれど、今はゆっくり座っている気分じゃない。早く帰って、あのビンを開けなくちゃ。

家にたどり着いてからは、早かった。

着物で動きが制限されるのをもどかしく思いながらも、階段を駆け上がる。自分の部屋に着いてやっと、きちんと呼吸ができたような気がした。

今日、会えるはずだった。顔を見て話せるはずだった。あの贈りものの意味と約束のことも、きっと教えてもらえるはずだった。

その光輝に……私と同じように大人になった光輝に、会えるかも、しれない。

期待が大きすぎて、そのほかのことはあまり頭になかった。ベッド下の収納を引き出して、金平糖のビンを取り出す。

この金平糖の不思議に、岩下ルミが気づかせてくれた。

かなりフレンドリーに接してくれた彼女は本来、私のことを嫌っていたはずだ。この金平糖が引き金になっている不思議な時間がただの記憶の再現だとしたら、彼女の変化も言動も、全部おかしい。私が言い返すことができたのは、この金平糖がくれた時間のなかだけ、中身が今の私だからだもの。

光輝と付き合いだした時期が、夏から春に変わっていたことだってそうだ。彼女の言うことがすべて正しいかどうかわからないけれど、本来の思い出と違っているのは間違いない。

記憶とは違う思い出。書き換わった過去。それが意味しているのは……。

「……タイムリープ……だよね」

自分で言っておいて、その突飛さに驚いてしまう。にわかには信じがたいことだけれど、そう考えるしかなかった。でなければ説明がつかないことが多すぎる。

私は過去のやり直しをしているんだ。光輝との日々を、もう一度……やり直すことができるんだ。

金平糖を持つ手が震える。ＳＦ映画みたいなことが、自分の身に起きている。

少し怖いと感じる部分もたしかにある。どうしてこんなことが、という謎への疑心も。

それでも、期待が不安を上回った。

もし本当に過去を変えられるのなら、後悔し続けているあの嘘を、なかったことにできるかもしれない。

そして……光輝が死なずに済むような未来を、迎えられるかもしれない！

金平糖は、残り四粒。

彼に会えるのは、あと四回。この現実を変えるチャンスも、あと四回だけだ。

今更ながら、これまでの三回を無意味に無目的に過ごしてしまったことが悔やまれる。

でも今は、過去を後悔している場合じゃない。光輝が残してくれた贈りものが、私の唯一の未来への希望なんだ。

「……光輝、待ってて」

小さく呟いて、一粒口に入れる。

予想通りの甘さが口のなかでほどけて、そしてあの感覚がやってきた。

❋

私は一人、学校らしき場所の廊下に立っていた。自分が置かれた状況を確認したくて、きょろきょろ周囲を見回す。ここはたぶん、中学校だ。

目を落とすと私は中学校の冬服を着て、鞄を持っている。ちょっと肌寒いから、秋頃かもしれない。

たくさんの貼り紙のある掲示板が両側にある。向かって右には事務室と保健室が並んでいて、向かい側は職員室。廊下の先には外へ繋がる通路がある。

ええと……どうしてこんなところに……？

「失礼しました」

ガラッという引き戸の音とともに、男子生徒が職員室から出てくる。

「光輝！」

懐かしいその顔に、ホッとしながら駆け寄った。彼は私に「待たせてごめん」と謝った。

「職員室に、何の用事？」

今の状況について少しでもヒントを得たくて質問する。

「うん、ちょっとな」

光輝はちょっとだけ複雑な表情を見せて言葉を濁した。どうしてなのか気になるけれど、これ以上追求させてくれない空気だ。

私は言葉を飲み込んで、彼の隣に並んだ。と、いきなり背中に衝撃がきた。

「光輝、ばいばーいっ！」

そう言って私と光輝の背中を叩き、間をすり抜けて行ったのは岩下ルミだった。

「相変わらず仲のいいことで！　ムカつくわー！」

べーっと舌を出す彼女の雰囲気は明るい。本気でムカついているというわけではなく、彼女なりのコミュニケーションなんだろう。

「岩下、前見て走れよ、危ないやろ」

「だーいじょーぶやって！　じゃーね、睦月もばいばーい！」

「あ、うん。ばいばーい……」

圧倒されて、小さく手を振った。

彼女は「ぶはっ」と噴き出して、大きく手を振り返してくる。姿が見えなくなった後で、光輝が呟いた。

「睦月の友達にしては、やかましいよなアイツ」

「そ、そうだね……」

思わず肯定してしまったけれど、本当にそうだ。この頃の私が、岩下ルミみたいなタイプと仲良くなったなんて信じられない。それもこれも十九歳の私が過去を変えてしまったからなんだけれど。

「さ、帰ろか」

「うん」

光輝に促されて、靴を履き替える。外に出るとびゅうっと強い風が吹き付けてきた。

「寒いっ」

「大丈夫か？　風邪引かんようにせな」

「うん」

いつものように私の体調を気にかけてくれる光輝の優しさが、今は少し切ない。そうさせたのは自分だと、よくわかっているから。

今日も帰りはバスだ。春日台の住宅街を抜けていくなかで、今の状況を探ろうと試みる。

「今は、何月だっけ？」

「ええ？　どうしたん急に？」

「ちょっと、何となく思っただけ」

「十一月やろ。あとちょっとで十二月」

「十一月……」

自分の名札をちらりと見る。『3－2』と書かれたバッジがついているのを見て、今が中三の十一月なのだと知った。

「じゃあ、もうすぐ受験だね」

「せやな……」

高校は、両親からの勧めもあって青葉台(あおばだい)高校を受験した。光輝も一緒にだ。滑り止めの私立を受けていなかったから、公立高校に無事合格できてホッとしたのを覚えている。

この時期に、光輝と何かあったっけ……？　今から何が起こるのか予想してみようとしても、すぐにそれは無駄だと悟る。

これから起こる何かを変えなければ、光輝との未来はない。そのプレッシャーは大きい。そんな緊張した状態のなか、当たり前のように繋いだ手の温かさが、心をほぐしてくれる。

　小さな幸せに浸りながら光輝の顔を覗き見る。目が合った彼は、思いつめた表情でこちらを見ていてドキリとする。

「睦月、ちょっと話あんねん」

「え？」

「公園やと寒いし、うち寄ってくれへん？」

「う、うん……わかった」

　何だろう、思い出せそうで思い出せない。こんな風に彼から話を切り出されたことなんてあったかな。

　私の返事に少しだけホッとした様子の光輝に今聞くのも悪い気がして、とりあえず流れに任せてみる。

　光輝の家は、さかき坂の入り口にあたる一丁目のエリアにある。

　山を切り開いて出来た地形のため、地区内はほとんどが坂道だ。山の麓には小学校、そこを少し上がると小さな商店や中央公園があって、一丁目は山の裾にあたる。

　小さな商店の前にある一丁目のバス停で降りて、通ってきた道を少しだけ下ると小さな公園がある。その裏側が光輝の家だった。

「お父さんとお母さんは？」

「仕事。みなみも今日はピアノやったはずやから、誰もおらんよ」

「へえー……」

じゃあ二人っきりか。改めて認識すると、ドキドキしてくる。

「お邪魔します」

「どうぞ」

光輝の家の匂いは、久しぶり。

そんなに頻繁にお邪魔することはなかったけれど、こうして寒い季節や暑い時には招いてくれた。暑くても寒くても、睦月を外にいさせるわけにはいかないって。そんな過保護な一面もあったな、と懐かしくなる。

「ちょっと飲みもの取ってくる。先に部屋上がってて」

「うん」

言われた通りに、階段を上がって光輝の部屋へ向かった。一番手前はみなみちゃんの部屋で、光輝の部屋はその隣だ。そっとドアを押して、ゆっくりなかへと足を運ぶ。

「懐かしい……」

勉強机と本棚、そしてベッド。私の部屋とその構成は変わらない。ソファはなくて、床のマットの上に丸いテーブルが置いてある。

私は鞄を下ろして、壁際に置いた。本棚に並ぶのは、教科書や参考書、そして写真集だった。

「そっか……この頃から集めてたんだ……」

　分厚く重厚な装丁の本は、ほとんどが建築物の写真集だ。私にはよくわからないけれど、彼の好きな建築家のものが多いはず。

　高校生の時にはもっと増えていたから、この頃からコツコツ集めていたんだろうな。

　一番手前にあった一冊を引き出して、開いてみる。コンクリートの塊が一面を覆っているような、無骨な建物のページだった。

　光輝の夢を思い出すと、少しだけ胸が痛んだ。だって夢を叶える前に、彼は……。

「睦月、お待たせ」

　と、そこに光輝が入ってきた。お盆の上に湯気を立てたマグカップを持って。

「何見てたん？　本？」

「あ、うん。光輝こういうの好きだったなって思って」

「好きだった？」

「あっ、ええと、好きだよねってこと！」

「ああ、うん。そやな」

　危ない、危ない。うっかり思い出として話してしまった。

「はい睦月」

「ありがとう」

　光輝がいれてくれたのは、温かいココアだった。口をつけると、甘みがじわっと広がって、おいしい。久しぶりに飲んだけれど、昔は本当にこれが好きだったな。

光輝も同じように口をつけるのを見ていたら、目が合った。

「何、ガン見してるん」

「光輝こそ」

「俺はチラ見やで？」

「ええー嘘だあ」

他愛ないやりとりが、心を満たしてくれる。ひとしきり笑いあった後で、光輝は立ち上がって勉強机の上にあった大きな封筒を差し出してきた。

「なあに？」

「うん。実は……話っていうのは、これやねんけど」

「？」

何のことだろう、と思いながら封筒を受け取る。厚みがあるから冊子か何かが入っているのだろうか。

中身を抜き出すと、高校のパンフレットが入っていた。見たことのない学校だ。

「これって……」

「睦月、俺、ここの高校行こうと思うねん」

「えっ……」

その後の言葉が出なかった。同じ高校に受かって幸せだった日々の記憶が、浮かんでは消える。

「親とか、先生には軽く相談してみてんけど、まあ微妙な反応やったな。普通科の方がええんちゃうかって感じで……」

パンフレットに記載されている学科名は『建築科』だった。でも、どうして急に。

「やっぱり早く夢に近づきたいって思うねん。夢のために、できることは全部やりたくて」

彼の瞳は、まっすぐで輝いていた。この目にいつも救われていたことを思い出す。けれど。

「……一緒の高校行くために、頑張ってきたのに……？」

そう呟いてから、ハッとした。

こんなことを言えば、彼を追い詰めるに決まっている。また同じことを繰り返してしまう……と思ったところで、少しずつ、記憶の扉が開いていくのを感じた。

そうだ、これは過去にもあったこと。たしかに光輝は建築科のある高校に行ってみたいと打ち明けてくれた。レベルの高いところで自分を磨きたいって、説明してくれたはずだ。

それを私が『一緒の高校行くために勉強頑張ってきたのにどうして!?』『光輝と離れ離れになるなんて絶対に嫌！』なんて泣いてワガママを言って、彼の意志を折ったんだ。

思い出した途端に胸のなかに苦いものが広がる。私の呟きを受けて、光輝は苦笑いで「うん」と言った。

「……そうやんな。一緒に青葉台受かろうなって頑張ってたんやもんな。ごめん、睦月。今の話忘れて……」

「待って！」

話を畳もうとした彼の言葉を遮った。

また、繰り返してしまうところだった。私が今何のためにここにいるのか、忘れちゃいけない。

光輝と過ごした高校生活が間違っていたなんて思わない。けれど……自分のことばかりで、彼の考えを聞かずに泣き喚いて引き止めるのも違う。

きっとこれが今回の『後悔』の種だ。何か変えなくちゃ、未来は変わらない。もういい光輝のために、この瞬間をやり直すんだとしたら……私は。

「光輝、ごめん」

「え……？」

「私、ちゃんと聞くから。光輝が思ってること、全部言って欲しい」

「睦月……」

驚いたような顔をした彼に、私はにっこり笑った。

「私はね、光輝と同じ高校に行きたい。でも、それで光輝が後で後悔するのは絶対に嫌なの。光輝には、自分の思うように、やりたいことをやって欲しいんだ」

本音を言えば、高校時代の思い出を捨てるのは苦しい。それでも彼が私のために何かを諦めるのは、もっと嫌だ。ずっと与えてもらってばかりだった自分のままじゃ、違う未来なんてつくれない。

「……今日の睦月は、昔の睦月みたいやな」

くすっと笑った光輝が、そんなことを言うから今度は私が驚いた。どういう意味だろうと思っていると、彼は理由を教えてくれる。

「関西弁、出てへん」

「そ、そう?」

「うん。何か懐かしいわ」

微笑む光輝を見ていたら、泣きそうになった。

光輝の柔らかい関西弁が大好きだった。それに少しずつ影響されていく自分の言葉も悪くないって思っていた。私の方がもっと懐かしいよって、叫びたくなる。

でも今は、泣いている場合じゃない。ぐっと涙を堪えていたら、「じゃあ、俺も」と言って光輝が私に向き直った。

「睦月のそばを離れるんは……ほんまは心配や。いつも隣にいて守ってやりたいし、そばにいないといつか睦月がいなくなるんちゃうかって、そんなこと思ったりして」

「……光輝……」

違うのに。遠くに行くのはそっちなのに。私はいなくなったりしない。ずっと光輝を見つめていくのに。

また涙腺が刺激されて、必死に耐えた。泣いたら、また同じことの繰り返しだ。光輝は私の涙に弱い。いつだってそういう時は、自分を抑えて私を守ってくれていたんだから。

私をまっすぐ見つめていた光輝が、「でも」と言って目を伏せた。

「やりたいことができる環境があって、そこに飛び込めるなら……やってみたいって思う。夢のためもそうやし、叶えたい約束にも役立つと思うし」

心臓がドキリと波打つ。

「約束……？」

聞き逃せないキーワードに反応した私に、彼は笑った。

「睦月は忘れててもええよ、俺が覚えてるから。また言うわ」

「でも……」

「今はまだ無理やから。もうちょっと待ってて」

「…………」

二十歳の光輝がくれた手紙にあった『約束』は、きっとこのことだ。

けれどこの十五歳の光輝は、これ以上のことを教えてくれるつもりはないらしい。自然と話してくれる時を待つ……なんて悠長なことは言っていられない。私にはあと三回しかチャンスがないんだから……！

焦りを隠せない私の頭を、光輝がぽん、と撫でた。

「なあ睦月。俺らって、距離が離れたらもうダメになると思う？」

「えっ……」

「今まで一回も離れたことないやん。不安やろ？」

「………」

　改めて聞かれると、自信はない。甘ったれでワガママで、光輝に頼ってばかりだった私が……一人で新しい環境に、高校生活に立ち向かえるんだろうか。そんな気持ちを見透かしたように、光輝は笑う。

「俺も不安。でもな、絶対無理やとは思われへんねん」

「え……？」

「離れてても、俺らは変わらへん。それだけは何か、信じられる」

　離れてても、距離が遠くても、私たちは、変わらない？　それって、どういう意味？

　光輝が、私のすぐ隣に移動してくる。その手が、私の頬を包んで。ゆっくりと顔が近づいてきて、そして……唇同士が、触れ合った。

　……初めての、キス。

　優しくて甘くて、柔らかい。ものすごくドキドキするけど、それ以上に安心する。私と光輝の心の距離が、また一つ縮まったことを実感するみたいだった。離れたくないと泣く私をなだめるようにしてくれた、過去のファーストキスとは、まるで違う。

「俺の一番は睦月やし、ずっと変わらず好きやし。この先もずっと一緒にいたいって思うのは、睦月だけやから」

　目を合わせて確認するみたいに、光輝は私に言葉をくれる。キスのぬくもりが消えないうちにもらう優しさに、堪えていた涙がぽろっと零れた。

「だから、睦月が嫌やって思うんやったら……一緒の高校行くよ。睦月を泣かせてでも叶えたい夢とか、ありえへんから」

私もそうだよ。私の一番は光輝。ずっと好きだし、ずっと一緒にいたい。絶対に変わらない。だけど。

「……いいの。大丈夫。もう十分だよ」

頰に添えられた光輝の手に自分の手を重ねる。

すり、とその手に縋るように、頰を寄せる。また涙が零れるけれど、気にしてなんかいられなかった。

「私も光輝が一番大事。離れても、何があってもずっと好きだよ。だから」

今、うまく笑えているといいな。泣きながら笑うとか、情けないけど。ずっと守ってもらってばかりだった私でも、今、彼の力になれるのなら。

「光輝の夢の邪魔は、したくない。気持ちが繫がってれば、大丈夫だもん。光輝は光輝の行きたい高校に行って。応援するから」

強がりがちょっぴり含まれているのはすぐにバレてしまうだろう。でも、嘘じゃない。本当に本気で、光輝の背中を押したい。

思えば過去の記憶のなかの光輝は青葉台高校でも図書室に通って建築関係の書籍をたくさん読んでいた。

休日には美術館や博物館にもよく足を運んでいたし、それに付き合う私が退屈しないようにいろいろ面白い話を調べては聞かせてくれた。この建物のどこがすごいとか、日本中の有名な建築を見て回りたいなんて夢も語ってくれていた。

　夢を叶えるために彼が積み重ねてきた努力を、潰したくはない。いつでもまっすぐに夢を追う彼の姿に、私は憧れていたんだ。

「睦月……ありがとう！」

　そう言って、光輝は私を抱きしめた。体いっぱいに広がる彼のぬくもりに、胸が熱くなってまた涙が出た。

　これで、いいんだよね……？

　少しだけ不安になった。この過去の変化が、何を引き起こすのかわからない。でも、今目の前で私を包んでくれている彼の声は明るく、とても嬉しそうだ。

　大丈夫、間違っていないはず。光輝の力になれたはず。心のなかで繰り返して、目を閉じる。

　私を抱きしめていた光輝の手が離れたかと思うと、額をコツンとぶつけ合う形にされた。

「睦月、可愛い」

「泣き顔でも？」

「うん。最高に可愛い」

　こんなこと言われたのは初めてだな、なんて思いながら光輝を見つめる。柔らかい笑顔を向けられて嬉しいけれど少し恥ずかしくて、私も涙を浮かべながら笑った。

するると光輝の顔がまた近づいてきて、過去にはなかった二度目のキスが落ちてくる。
それを静かに受け入れると同時に、私はまた現実へと引き戻されていた。

一月十三日 ✿ 5粒目

目が覚めると、なぜか布団のなかにいた。うっかり眠ってしまったのかと思い、体を起こす。

そこで自分が襦袢姿なのに気がついた。メイクをきちんと落としていなかったせいで、顔がパリパリしていて気持ちが悪い。お風呂にも入った記憶がないし、ご飯も食べずに寝てしまったんだろう。

姿見に近づいて確認すると、酷い顔だった。昨日あったことを、反芻する。

中三の秋に戻って、別の高校に行きたいと言う光輝の背中を押した。可愛いって言われてキスもした。幸福感に満ちているのに、ちょっぴり不安で寂しいような、複雑な気分になる。その理由はわかっていた。

私のなかにある、青葉台高校に一緒に通っていた光輝との思い出はどうなったんだろう？　告白の日のことみたいに、もともとの記憶は私にしかなくなって、なかったのと同じになるのだろうか？

夏祭りでの光輝の照れた横顔が、今は遠く感じる。あの大切な思い出もこのまま、私だけの思い出になってしまうんだろうか。

高校でも変わらず一緒に帰る毎日も、体育大会の徒競走で光輝が一着を獲ってあまりのカッコ良さにドキドキしたことも、試験前に同じ問題集で勉強したことも。

最後にはどこかで記憶ごと切り替わって……忘れてしまうんだろうか。

そこまで考えて、身震いした。そんなのまるで、世界にひとりぼっちにされたみたいだ。

私は立ち上がって、本棚にある卒業アルバムを引っ張り出した。市立青葉台高校と刻まれた分厚いアルバムを急いで開く。

全体写真よりもクラス写真の方がわかりやすいはず。緊張感に包まれながらパラパラとめくって三年二組のページに来た。私の写真と名前があるのを確認して、きゅっと唇を噛み締める。

光輝は三年五組だった。そこに彼の姿がなければ……。

「成功した、ってことだよね……」

私の行動は現在にどう繫がっただろう。私が後押ししたことで、光輝が別の高校に進んでいるなら、どんな変化が起きるんだろう。

――光輝が死んでしまった事実も、なかったことになるだろうか。

過去を変える。そんな大それたこと、自分にできるのかわからない。でもこれはきっと、私にしかないチャンスなんだ。無駄になんて、絶対にできない。

緊張しながら、ページをめくる。三年三組、三年四組、三年五組。

「……どうして……？」

早瀬光輝。その名前と、『立派な建築家になれるよう、努力します』という一言メッセージが記載されている。写真に写る光輝は以前と変わらず、少し照れたみたいな笑顔を浮かべていた。

体から力が抜けていく。呆然としてしまって、アルバムを床に落としても拾い上げる気力もない。

過去は、変わっていない。光輝は、青葉台高校に通っていた。じゃあ……死んでしまった、ことも？

慌てて立ち上がり、階段を駆け下りた。「睦月？」という母の声には気づいたけれど、反応することなくリビングへ急ぐ。

たしか、あの日……光輝の葬儀でもらった返礼品があったはずだ。部屋に入って、細々したものの一時置き場になっている棚を見る。そこには私と母の二人分の返礼品が、きっちりと並んでいた。

思わず、その場にへたり込んだ。

「睦月!?　どうしたの？」

「………………」

変わっていない。彼は死んでしまったままだ。葬儀も行われている。

ぼろぼろと、涙が零れて落ちた。ぎょっとした様子の母が駆け寄ってきて、背中を撫でてくれる。

「どうしたの、一体。成人式で何かあったの？」

「………………」

「昨日よっぽど疲れたのね。声をかけても起きないくらい、ものすごく深く眠っていたし」

ぎゅっと抱きしめられる。母の腕のなかで、私の意識は別のところに飛んでいた。

「……光輝、死んじゃった……」

「っ……」

思わず呟いた声に、母の体が、ぎくりと揺れる。気づいてはいても、何のフォローもできなかった。

私はうつむいたまま立ち上がり、「睦月……」と遠慮がちにかけられる声にも答えずに部屋に戻った。

一段ずつ踏みしめる階段が、長くて重い。期待した分、うまくいかなかったショックは大きかった。

だって、頑張ったのに。光輝が別の高校に行くなんて、本当は寂しくて仕方なかったのに。でもぐっと我慢して、ちゃんと光輝の背中を押したのに。

光輝は建築学科のある高校を受験したんじゃないの？　それなのにどうして？　たくさんの疑問が浮かんでは、頭のなかをぐるぐる回る。

答えは出ない。高校時代の思い出がなくならずに済んで嬉しいという気持ちは欠片も浮かばなかった。さっきまで寂しいなんて思っていたのに、今ここに、光輝がいないのなら意味がないと思ってしまう。

金平糖を、また一粒無駄にしてしまった。

妙に重く感じる部屋のドアを開けて、後手で閉める。開いたままのアルバムにふらふらと近寄り、そこで笑う光輝の姿を指でなぞる。

『立派な建築家に』なる前に、あなたは死んでしまう。全部、残したままで消えてしまうんだよ。

どうして同じ高校に行ったのかはわからない。けれど、卒業アルバムに所信表明するくらいなんだから夢を諦めたわけじゃないことは明白だ。

二年間、離れていたってわかる。きっとたくさん努力して、夢を叶えるために頑張っていたに決まっている。

神様がいるなら、どうしてこんな意地悪をするんだろう。光輝はこんな風にいなくなっていい人じゃないでしょ？　私だけじゃない、たくさんの人から必要とされていたんだから……。

不意に、コンコン、と控えめなノックが聞こえた。

「睦月……？　大丈夫……？」

ドアの向こうから母の声がする。私は「うん」とだけ、返事をした。

「お風呂、沸かしたから。ゆっくり入ったらどう？」

「……うん」

「タオルとか、置いてあるからね。お母さん、リビングにいるから……睦月の好きな時に入って」

「……うん、ありがとう」

そう返すと、母の声は少しだけホッとしたような色に変わった。

「お昼ご飯も準備してあるから。お腹空いたらいらっしゃいね」

「わかった」

「それから……睦月？」

「何？」

「あんまり気を落とさないで。あなたは、生きてるんだから……」

「……………」

返す言葉を、持っていなかった。私のことを心配してくれているだけだ。そうわかっていても、心がついていかない。

私から返事がないのを確認して、母は階段を下りて行った。遠ざかる足音をきっかけに、また泣きそうになるのを必死で堪えた。

私は生きている。でも、光輝は？　どうして光輝が死ななくちゃならなかったの？　どれだけたくさんの『どうして』を重ねても、何もわからないし何も変わらない。私に残されたチャンスはあと三回。金平糖を食べきる前に、この現実を変えなくちゃいけない。

「……お風呂、入ろう」

涙が乾いてパリパリになったうえに、繰り返し泣いたからもうぐちゃぐちゃだ。鏡を見る気にもなれない。手早く支度をして、母の気配がないのをうかがいながらお風呂場へと向かった。

湯船に浸かってゆっくりしたら、少しだけ頭がクリアになった気がする。体の汚れや疲れは、心をささくれ立たせるのかもしれない。

お風呂から上がった後で、リビングへと足を踏み入れた。母がハッとしたように顔を上げる。

「お昼、食べてもいい？」

「もちろんよ。すぐにできるから、座ってて」

「ごめんね、ありがとう」

慌ただしく母が立ち上がり、キッチンへと移動する。私は小さく頭を下げてダイニングテーブルについた。

私が今、投げ出すわけにはいかない。ちゃんと考えて動けるように、力を蓄えなくちゃ。

母が準備してくれたお昼ご飯は、昨夜の残りで作ったという漬け丼だった。少し甘いお醬油に漬かったお刺身がたっぷり載っていて、中心の卵黄を崩すとさらにおいしかった。

「何だか豪華だね」と何気なく言ったら、「昨日、お祝いしようと思ってたから」と苦笑まじりに説明された。少しだけ申し訳ない気持ちになる。両親だって、成人式を迎えた娘をちゃんと祝いたかったはずだ。

「寝ちゃって、ごめんね」

そう言うと、母は笑った。

「いいのよ。睦月の誕生日には、ちゃんとお祝いしましょうね」

「うん」

私も笑って頷いた。言われて思い出した。もう二日後には私の誕生日が来るってことを。

そっか、私もついに二十歳になるんだ。

自分としては、中学生くらいの頃から、ちっとも変わった気がしない。でも少しずつ成長している。体も、心も。

今だから、光輝のために自分の気持ちを抑えることだってできる。ワガママばかりで困らせていた頃とは違う。まだチャンスはある。

母に見守られながら、しっかりご飯を食べた。後ろ向きなことばかり考えるのをやめたら、自然と力が湧いてくる。まだ諦めちゃいけない。残りの金平糖で、私が未来を変えるんだ。

食事を終えて、部屋に戻った。小ビンを手に、ソファに座る。

過去をやり直せる不思議な金平糖。幼い私が好きだった星の欠片に似たお菓子。そこに光輝がどんな気持ちを込めたのか、想像してみる。

私自身、好きだったことさえ忘れていたくらい昔の話を、光輝はちゃんと覚えていてくれた。

おまじないのことも覚えていたのかな。もしかして、約束の手がかりになっているとか？　約束はまだ、思い出せないけれど。

まじまじと金平糖と向き合っていると、ふと、ビンの空白が気になった。ビン自体は小さいものだけれど、余っているスペースが大きすぎる。届いた時にはすでに中身は七粒だったから、普通に考えたらかなり少ない。

光輝はわざとこのビンに七粒だけ詰め替えたのかな？　でも、何のために？

「どうせなら、もっとたくさんくれたらよかったのに……」

そうしたら、金平糖の数だけ光輝に会えた。もっとたくさんの光輝との時間を過ごせた。過去を変えて彼を助けるのだって、もっとやりやすかったかもしれない。なんて、愚痴ったって仕方がない。

「……今日は、いつなのかな」

ビンのなかの金平糖は三粒。

そっとふたを開け、逆さにすると一粒転がり落ちた。手のひらで受けて、指先でつまむ。深呼吸して、口に入れた。

めまいとともに目を開くと、目の前には見知らぬ人の後頭部があった。

……ええと、これは？

状況把握に努めようと周囲を見渡そうとして、急な揺れに体がふらついた。瞬時に、支えてくれる手が伸びてくる。

「睦月？　大丈夫か？」

心配そうに声をかけてくれたのは、光輝だ。私と並んで座る彼は私服姿で、この間よりもまた少し、成長して見えた。

「あ、うん。大丈夫、ありがとう」

「それならいいけど……気持ち悪くなったらすぐ言うんやで」

「うん、わかってる」

しっかり頷くと、光輝は少しだけ安心したように顔を前に戻した。さっき視界に映っていたのは前の座席に座る人の頭だった。

不規則な揺れを繰り返しているのは、バスに乗っているからだった。間違いなく通学でいつも使っていた路線バスだ。

どこに向かっているのか外を見て確かめようとした時、タイミングよくアナウンスが流れた。

「次は藤ヶ丘（ふじがおか）、藤ヶ丘です。お降りの方はボタンを押してお知らせください」

なるほど、駅前のバスターミナル行きか。私も私服だし、外の明るさから推測するとお昼頃だから、学校は休みなんだろう。

光輝はシャツにニットカーデを羽織っていて、濃い色のデニムを穿いている。私はワンピースにロングカーデ、それにブーツというコーディネートだった。いつもより少し気合いが入った格好だ。

季節は……秋くらい？　街路樹の色が変わり始めている。

坂を上った後は、長い下り坂が続く。道路沿いの店舗に入る車のせいで、バスが通る左車線はたいていスムーズに進まない。ゆっくり動くバスのなかで私は考えを巡らせていた。

二人で駅前に出ようとしているんだよね。目的は何だろう？　荷物も大きくないし、受験勉強ではなさそうだ。服装を考えると、普通にデートかな。

「何、どうしたん」

「えっ？」

「さっきから何か言いたそうに見てくるなーと思って」

「べ、べつにそんなことないよ」

ちらちらと光輝の様子をうかがっていたのが、本人にバレていたらしい。慌てて否定するけれど、彼の目は細められていく。

「もしかして、何かやらかした？　忘れものとか。あ、わかった定期やろ」

「ち、違うよ！」

咄嗟に否定したけれど、私は自分の持っている鞄の中身を把握していない。こそこそと開いてみると、高校時代に使っていた懐かしい定期入れがちゃんと入っていた。

「ほら、あるもん」

「今確認したやん。不安やったんやろ？」

「そ、そんなことないよ！　自信あったもん、持って来てるって！」

力強く言うけれど、光輝はまだ疑いの目を向けてくる。

「ほんまかなあ？」

「ほんまです！」

重ねて断言する。と、光輝の表情はふにゃっと柔らかくなった。ぽんぽんと私の頭を撫でて、笑う。

「じゃあまあ、そういうことにしといたろ」

「……何か、ずるい」

ぷうっとふくれると、膨らんだ頬をつつかれた。

「あ、たこ焼き発見」

「たこ焼きじゃないもん」

「睦月のたこ焼き、まんまるでええ形やなあ」

「まんまるとか言わないで！」

意地悪っぽく笑う光輝がさらにからかってくるのを、半分冗談で怒って拗ねる。

懐かしさを感じる間もなく、あっという間に光輝といるのが自然だったあの頃に引き戻されていた。からかわれては拗ねてみたり、どうでもいいことでバカみたいに笑ったり。じゃれ合うだけで幸せだったあの頃。

馴染むっていうんだろうか。彼の隣にいるのが当たり前で、離れていたら息もできないんじゃないかなんて思うほど。

この時あれほど世界の中心にいた人が、十九歳の私のそばには、もういない。鼻の奥がツンとして、泣き出しそうになるのを堪えた。

目の前でふざけていた光輝がハッとしたような顔をして、私の顔をのぞき込む。

「睦月、ごめん。冗談やで」

「うん、知ってる」

「でも、涙目なってる。ごめんな?」

「これはっ……」

違うんだ。じゃれ合いをやめたいわけじゃない。むしろずっとこんな時間が続けばいい。昔の私に言ってやりたい。光輝がそばにいることが、どれだけ幸せなことかちゃんと理解しろって。そんなことは無理だとわかっていても、思わずにはいられなかった。

体を支えてくれた時よりずっと深刻そうに、私を見つめる光輝。

その的外れな心配が嬉しくて、でも胸が痛くて……彼の頬をつねった。

「いてっ」

「……お返し」

「何やねん、それ」

「光輝のばーかっ」

「睦月のアホー」

「アホじゃないもん、光輝がバカなんだから!」

「睦月はアホや、愛すべきアホ」

「何それ褒めてない！」

「褒めてる褒めてる。可愛いなあってことやねんから」

　片眉を下げて笑う彼が、私のことを可愛いって言ってくれる。くすぐったくて嬉しくて、さっきまでの言い合いなんてなかったことになってしまう。ずるいなあ、と思いながらも心が温かくなる。

　天河（あまかわ）駅前でバスを降りた私たちは、最初にパン屋さんに向かった。

　バス停からすぐのパン屋さんは少し狭いけれどカフェスペースもあって、時々寄り道したことを思い出す。

「お昼ご飯？」

「うん。今日は河原で食べよかなって」

「いいね！　天気もいいし」

　パン屋さんに入ると、少し甘いパンの匂いが食欲を刺激してくる。私は久しぶりのお店に嬉しくなって、所狭しと並ぶパンを物色する。

「チーズもいいけど、サンドイッチもいいな。あっ、ベーグルサンドもおいしそう！」

　トレーとトングを持った光輝が、苦笑しながら私の横に並ぶ。

「食べきれる分だけにしときや？　欲張ってもしゃーないで」

「わかってるもん」

「ならいいけど」

言いながら、光輝はひょいとウインナーが載ったパンをトングでつかんだ。それとハムとレタスのサンドイッチ。そしてパックのオレンジジュースをトレーに載せ、私を見る。

「睦月はどれ？」

「えっ、光輝選ぶの早い！」

「睦月が優柔不断なだけやろ？」

「うう、待って。選ぶから」

そうは言ったものの、どれもこれもおいしそうで、目移りしてしまう。

パンの棚とにらめっこしながら、ぐるりと店内を一周する。そして、光輝を振り返る。

「決めた！　これとこれにする！」

「ん、わかった。飲みものは？」

「りんごジュースにしようかな」

「了解」

そう言うと、さっと私の選んだパンをトレーに載せ、レジへ進んでくれた。いつもワリカンにしていたはずだ。財布から小銭を出して、光輝に渡す。

「後でええよ」

「うん。でも、忘れちゃったらイヤだから」

そう言って、会計をする光輝の財布に小銭を滑り込ませる。

後でって言いながら、受け取ってくれない時もあった。たいしたことない金額だからって、光輝はいつも多めに支払ってくれた。

二人分のパンが詰まった袋を受け取った光輝が、空いている方の手を私の手に絡ませた。

「よし、行こか」

「うん」

自然と繋がれた手が、懐かしい。数日前に会った小さな光輝とは比べものにならない、大きな手。

こうして私の手をすっぽりと包んでくれるぬくもりに、いつも安心していたことをじんわりと思い返した。

光輝の言う河原は、県境を通る鹿乃川の河川敷のことだ。夏には花火大会があって、光輝とも何度か行ったことがあった。

光輝と並んで、高架下の信号を渡って、線路沿いの道を行く。

綺麗に整備された道だけれど、昔あったという商店街の名残が少しだけ残っていてノスタルジックな雰囲気だ。高架下に並ぶのは居酒屋で、その周辺にちらほら個人商店が見える。駅前が開発されて大きなスーパーができたから、この辺りのお店はほとんどなくなってしまったらしい。

国道にぶつかると、交差点に出る。隣町へと続くこの道は、いつも混雑していた。

「あ、可愛い車」

不意につぶやくと、光輝は私の方に顔を寄せた。

「どこ？」

「あっち、マンションの方から来る車」

私たちが渡ろうとしている信号の向かい側で、同じように信号待ちをしている車を指差す。淡いブルーのカラーリングとコンパクトな形が可愛らしかった。

「水色？」

「そう。可愛くない？」

「うん。睦月っぽい」

「私っぽいって何？」

何気なく質問すると、光輝はちょっと意地悪い顔をして笑った。

「小さくて、可愛いらしいって意味」

「小さいは余計だよ」

「俺からしたらちっこいわ」

「光輝が大きすぎるんだよ。今身長何センチ？」

「たぶん、１７８くらいやったかな」

「でかっ」

「睦月は？」

高校生の頃は……と考えて、身長はほとんど変わっていないことに気づく。

「ひゃくごじゅう……さん、くらい」

「ちっこ」

「うるさいなあ」

これでも平均よりちょっと小さいだけなんだから。たぶん。

不服さを全面に出して唇を尖らせると、光輝は笑って私の手をぎゅっと握り直した。

「そんな拗ねんと。せっかくのデートやねんから」

「……わかってるもん」

デートなんて言ったって、特別なことは何もなかった。さかき坂を散歩したり、駅前に出てお店を見て回ったり、こんな風に川辺でのんびりするのがお決まりで。

さほど遠出はしない。高校の規則でアルバイトは禁止だったから、お互い自由に使えるお金はお小遣いしかなかった。

でも、お金なんかかけなくても十分楽しかった。光輝と一緒なら、何でもよかった。

「何、難しい顔して」

「……何でもない」

ちょっとだけ心配そうに見える光輝の顔がこれ以上曇らないように、へらっと笑った。

失ったものへの複雑な気持ちは、一旦胸の奥にしまおう。光輝との時間は限られている。

今は少しでも未来を変えるために、頑張らなくちゃならないんだから。

信号が青になったのを見て、私は光輝の前に出た。

「ほら、早く行こ！」

繋いだ手をぐっと引いたら、光輝の上半身がつんのめるみたいになった。不意をつかれたような感じがおかしくて、また笑う。

「睦月、前見て。危ない」

「大丈夫だよ。光輝が見ててくれるでしょ？」

「そらそうやけど……ああほら、まっすぐ歩けてないやん」

後ろ向きになって、光輝の手を引く。前がどうなっているかわからなくても、不安はなかった。

「睦月、ストップ」

「え？」

私の歩みを止めさせた光輝が、くるりと私の体を正しい方向へと回して戻す。

「段差。思いっきりこけるとこやったで？」

横断歩道より、歩道は一段上がっている。私は素直に光輝に「ありがとう」と言って段を上った。後ろ向きに歩いていたって怖くないのは、彼といれば危険な目に遭うことはないと信じているからだ。

そのまま、マンション沿いの歩道を歩いて行くと、高速道路の高架とぶつかる。その下には公園が細長く続いていた。私と光輝は少しだけ南下して、公園の入り口から河川敷へと入っていく。

鹿乃川は、光を反射してキラキラ輝いていた。河川敷には私たちの他にも、家族連れやウォーキングを楽しむ人たちがちらほら見える。光輝とちょうどいい場所を探して、階段になっている場所で腰を下ろした。

「さて、パン食べよか」

「うん！」

今日はとても天気がいい。ちょっとしたピクニック気分に何だかワクワクしてしまう。私はさっそく焼きたてのチーズフランスを袋から取り出した。

「あ、まだちょっと温かい。光輝も食べる？」

「ありがとう、もらう」

光輝は差し出したチーズフランスをちぎり、「ほんまや、あったかいな」なんて言って口に入れた。

「おー、うまい」

「ほんと？　私も食べる！」

一口かじった瞬間から、チーズのいい匂いが鼻から抜けていった。少しの塩気と、パンの弾力。嚙むうちにほのかに甘さも感じる。

「わあ、おいしい」

「そらよかった。俺はこれからいこかな」

そう言って、光輝はサンドイッチの袋と同時に、ジュースのパックを二つ取り出した。

りんごジュースのパックにストローを挿して、私に渡してくれる。

「ありがとう」

「ん」

続いて自分の分も、同じように飲める状態にしていた。自然な流れで私の方を優先してくれる。そんな小さな気遣いに、あの頃の私はちゃんと、気づけていただろうか。今だからこそ、光輝のこういうささやかな優しさに気づいて、お礼の言葉が出るのかもしれない。

「光輝は、優しいね。私にはいつも、優しかったよね」

何気なく呟くと、サンドイッチにかぶりついていた彼はなぜか喉を詰まらせた。慌ててりんごジュースを差し出すと、軽く頷いた彼がそれを手にしてぐっと飲み込んだ。

大丈夫かな、と光輝の顔を覗き込むと、少しだけ顔が赤くなっている。けほっ、と小さく咳をしてから、光輝が大きく息を吐き出す。

「……あー、びっくりした。何、急に」

「えっ……いや、そう思ったから言っただけなんだけど」

「ごめん、睦月のジュース、めっちゃ飲んでもた。オレンジでよければこっちも飲んで」

「そんなの全然いいよ、てか大丈夫？」

「大丈夫。でもパン、喉詰まったら危ないで。今の見てわかるやろ？」

「……うん、たしかに」

言った後で、顔を見合わせて笑った。何でもないことが、ものすごくおかしかった。

二人で呆れるくらい笑った頃には、光輝の顔の赤みは引いていた。

「あーもう。睦月は時々そういうこと言うよなあ」

「そういうことって？」

「そういうことはそういうこと。いきなり言われるとドキドキするわ」

そう言った光輝に、思わずきょとんとしてしまう。

「ドキドキ？　するの？　光輝が？」

「するよ。睦月とおる時は、いっつもドキドキしてる」

ちょっと照れたみたいに笑って、そんなことを言う。そんな顔をされたら、私の方までドキドキしてしまう。

「……嘘だあ」

「ほんまやって。ほら」

私の左手を、光輝がつかむ。そしてそのまま、自分の左胸へと導いた。

「めっちゃドキドキゆうてるやろ？　心臓」

「…………」

どくん、どくん、と光輝の鼓動が、指先から、手のひらから伝わってくる。光輝がここにいること、生きていることを伝えるリズム。

彼はそれがいつもより速いことを教えようとしてくれているんだろう。ドキドキしてるって、そういうことだ。

でも、私の方はそのまま受け取れない。違う感情が湧き上がって、涙腺が刺激される。

「……睦月？」

首をかしげる光輝。私は彼の鼓動を手のひら全体で感じながら、きゅっと唇を噛んで涙を堪えた。その代わりに、彼に質問を投げる。

「光輝……高校受験、あの建築科のところ、受けなかったの？」

「え？」

「行きたいって……ううん、行くって言ってたよね？」

光輝は不思議そうに私を見ている。そりゃそうだ、本来なら私がその理由を知らないはずがない。もうずいぶん時間が経った後でわざわざ聞くなんておかしい。

でも私にはこうするしかないんだ。変えたはずの過去が変わらずにいるのはなぜなのか、どうして光輝が私と同じ高校に通っているのか、わからないから。光輝に教えてもらうしか、知る方法はない。

私の目が真剣なことに、光輝も気づいたんだろう。少しだけ困ったみたいに、口を開く。

「建築科んとこは……結局、受けんかったやん」

「えっ」

言葉を失った。受けていたら絶対に受かっていたはずだ。光輝の学力なら、間違いない。

それなのに……どうして？

「あ、でも前も言ったけど、睦月のせいとかやないから。諦めたとかそういうんでもなくて、ちょっと急ぎすぎてたかなって。高校出てからでも遅くないんちゃうかって思ったし、地元出るのに躊躇もあったし」

「でも……」

早く夢に近づきたいって。夢が叶うなら、できることは全部やりたいって。そう言っていたじゃない。そのために私と離れることになっても、私たちなら大丈夫だって言ってくれたじゃない。

「睦月、まだ気にしてたん？　ほんまに、睦月のせいとかじゃないんやで？」

「……本当、に？」

「ほんまに。今は青葉台でよかったって思ってる。友達もおもろい奴ばっかやし、睦月ともこうやって一緒におれる」

光輝の胸に触れたままになっていた手を、そっと離してぎゅうっと握り直してくれる。にこっと笑ってくれる表情に陰はない。そのぬくもりにも嘘はないって、わかる。

でも、という気持ちが浮かんでは消えて、混乱を大きくしていた。

この前、十九歳の私が介入したことで光輝の志望校は変わったんだと思っていた。でもそうでないのなら、同じ高校に通えて過去の私は嬉しかったはずだ。私と光輝の高校時代の思い出も全部、ちゃんと残っていることになる。

その代わり未来は、二十歳の光輝は、死んでしまったままなのだけれど。

「でも……それじゃ……」

このままじゃ、この先の未来は変わらない。何か変えなくちゃ。光輝の人生を、終わらせるわけにはいかない。

でも、一体どうしたら……？

思考をうまく組み立てられないのは、うねる感情のせいだ。

光輝自身は高校受験に対する後悔なんて、ほとんどないみたいに見える。私だけが焦っている。

「睦月、何をそんな考え込んでんの」

「……違うの、光輝が……本当は別の高校に行きたかったんじゃないかって、思うから」

「だーかーら」

苦笑しながらそう言って、光輝は私の頬をきゅっとつねった。

「睦月のせいちゃうって。俺が決めたんやから。それとも睦月は、俺と一緒に青葉台通うの、そんな嫌なん？」

「っ……」

じわじわと潤む目のせいで、言葉が出ない。その代わりに私はぶんぶん顔を横に振った。

嫌なわけがない。本音を言えば、嬉しい。光輝のそばで過ごした高校生活は、幸せに溢れていたから。でも。

つねっていた指先から力を抜いた光輝の手は、そのまま私の頬を包み込んだ。

「俺、嬉しかったで。睦月が俺の進路、応援するって言ってくれて」

「え？」

「俺が別の高校行きたいって言ったら、絶対泣くって思ってた。それやのに、『光輝に後悔して欲しくない』とかさ……ほんまに感動したっていうか、惚れ直したっていうか」

照れ臭そうに言いながら、光輝の手が私の頬から頭に移る。懐かしい感触にめまいがしそう。頭全体で、光輝のぬくもりを受け止める。

「いつも睦月のこと、守ってやらなって思ってたけど、逆かもなって思った。めちゃくちゃ嬉しかったし頼もしかったわ」

光輝の手が、私の頭から離れる。かと思うと、勝手に溢れていたらしい涙の雫をそっと拭ってくれた。優しい指先。光輝は、いつでもそのすべてが優しい。

私のこと、そんな風に思ってくれていたなんて知らなかった。

あの頃の私だったら絶対に『嫌だ』って泣いてワガママを通していた。でも今の私だから、光輝の背中を押せた。

そのことが、彼にこんな風に影響を与えている。何も変わらなかったわけじゃないのかも、しれない。

私の涙が止まったことを確認してから、光輝は「まあ」と息を吐いた。

「大学では思いっきり建築のこと勉強しようって思ってるで。だからこうやってゆっくり遊べるのは、今年までやろなあ。来年からは勉強モードに切り替えなあかんしさ」

「大学……」

　来年からは勉強ということは、今は高二か。こんな会話をした覚えはないけれど、光輝は有言実行と言わんばかりに高三からは勉強に集中していた。それにつられて、私も一緒に勉強に励むことになる。彼と違って何を目指すべきか、まだわからないままに。

「だから睦月は何も心配せんでええの。わかった？」

「…………」

　私の髪をくしゃっと撫でて、光輝が笑う。心強くて頼もしい笑顔。以前までの私なら、一も二もなく『うん！』と頷いていただろう。でも今は違う。

「睦月？」

　不思議そうに私を見る彼に、まっすぐ答えたい。でもうまくできない。心配しなくていいなんて言ったって、無理だ。だって光輝は、いなくなるじゃない。

「……心配、するよ」

「え？」

「だってこのままじゃ、何も変わらないんだもん」

「ええ？　どうしたん、睦月？」

「…………」

　無茶苦茶だ。自分でもわかってる。でも思わず口に出してしまっていた。

　本当は、私が今ここにいる理由をすべて打ち明けて、最悪の未来を避けるための方法を一緒に考えて欲しい。私だけじゃ、どうしたらいいかわからない。不安ばかりが募って怖くなる。光輝が手を貸してくれたら、どんなに心強いだろう。

「ねえ光輝。今何かを頑張ることで、未来を変えられるとしたら、私は何をすればいいと思う？」

「んん？　何それ。どういうこと？」

「だから……」

と、口を開きかけて、詰まった。だって詳しく説明しようとすると、光輝の死について触れなくてはならない。それも抵抗がある。それに『私は十九歳の睦月で』『成人式の頃には光輝は死んでしまっていて』『未来を変えるためにここにいる』なんて説明しても、いくら光輝だって理解できないに決まっている。

結局、黙ってうつむくしかなかった。そんな私に、光輝がぽつりと呟く。

「んー、でも、みんなそうちゃうん？　今、何を頑張るかで、未来が変わるって」

「……え？」

思わず顔を上げる。意外なくらい真面目な顔をした彼の視線は、鹿乃川の流れに投げられていた。

「誰でもさ、努力したことの結果が出るのは今じゃなくて後やろ？　未来とか言うとなんかイメージしにくいけど……何か、やりたいこととか変えたいこととかあるんやったら、とにかく今できること、全力でやればええんちゃう？」

視界がひらけていくかのような光輝の言葉は、とてもまっとうだった。

でも、気持ちがついていかない。そんな悠長なことを言っていられる時間が私にはないからだ。今すぐにでも何かを変えないと、未来は変わってくれない。私はただ、光輝に死んで欲しくないだけなのに。

そこまで考えてハッとする。私はまた光輝に頼ろうとしている。いつも私を守ってくれていた光輝に寄りかかって負担を増やして、今なんてとくに精神的には私よりも若いはずの彼に『何をすればいいと思う？』なんて聞いて困らせて、答えを出してもらおうとしている。

それじゃ、繰り返しだ。今までと何も変わらない。

私が変えなくちゃいけないんだ。今まで与えられてばかりだった私が、変わらなくちゃ。

「まだ……方法は見つからないけど」

「ん？」

「頑張る。ちゃんと、変えてみせるから」

光輝のために。光輝がいる未来のために。

決意を込めた私の視線に、光輝は少し首を傾げて、笑った。

「ようわからんけど、睦月が頑張りたいことあるんやったら、俺は応援するで」

「……うん、ありがとう」

「どういたしまして」

ふっと、空気が緩む。光輝のそばにいる時に感じる、この柔らかい空気が大好きだった。

　くすくす笑い合った後で、「あ、でも」と言って光輝が釘を刺す。

「無理したらあかんで。睦月が無茶して辛い思いするくらいなら、止めるからな」

「……うん」

　私はぐっと言葉を飲み込んで、曖昧に頷いた。光輝が心配して、そう言ってくれるのはわかっている。でも素直に受け入れるわけにはいかない。

「ほんなら、そろそろ行こか？」

「え、どこに？」

「散歩。天気ええし、ぶらぶらしよ」

「うん」

　今度はちゃんと頷いた。パンとジュースのゴミを片付けて、立ち上がる。川沿いの遊歩道を、光輝は「とりあえず」と言って北に向かって歩き出した。

　川面に光が反射してキラキラ眩しい。太陽のぬくもりを背中に受けて歩くのは何だか爽やかで気持ちがいい。

　自然と繋いだ手を、きゅっと握りしめる。光輝は気づかないのか、何でもない話を私に振ってくれている。それに応えながらも、私の思考は別のところにあった。

　光輝は、私が辛い思いをするくらいなら止めると言った。でも、過去を変えたことで私がする辛い思いなんて……あの夏祭りの告白のように、これまでの思い出が変わってしまうことくらいだ。二人のものだった思い出が、私だけのものになってしまう。それだけ。

光輝が受ける辛さとは比べものにならない。

子どもの頃に光輝が私の望みを叶えて、命を救ってくれたみたいに、今度は私が、光輝の願う未来を、命を救いたい。そう強く思った。


鹿乃川を遡っていくことは、高速道路の高架沿いをなぞっていくのと同じだ。しばらくすると道は分かれるけれど、その手前で光輝は川沿いの道から逸れていく。

「下からもええけど、やっぱ横から見たいなと思って」

そう呟いた彼の目当ては、高速道路の出口手前にかかる吊り橋だ。白いポールが逆さまにした扇状に広がり、道を支えているみたいに見える。この建造物が、昔から光輝は好きだった。

川沿いの道から遠ざかって、橋の全景が見えるところまで来ると、光輝は足を止めた。私も同じように、並んで大きな橋を眺める。

「建築の勉強になる？」

「どやろ。ただ見てんのが好きなだけかも」

「あんな風に、大きな橋をつくってみたいとか？」

「うーん、べつに橋とか道路とかつくりたいわけじゃないねんなあ」

「え？　じゃあ光輝は建築家になって、何をつくりたいの？」

思わず眉を寄せた私に、光輝は苦笑する。

「俺が興味あんのは、普通の家」

「家？」

「そう。毎日暮らす場所って、特別やん。暮らす人が幸せに過ごせる家をつくれたら、最高やなって」

「へえー」

「それに、誰もが家建てんのにいくらでもお金使えるわけちゃうし、土地の広さも限られてるやろ？　でもその分、工夫のしがいがありそうやなって思うし」

知らなかった。光輝の部屋にある建築物の写真集は、もっと大きくて目立つものばかりだったから。光輝もきっとそういう、世界中から人が見に来るようなものをつくりたいんだと、勝手に思い込んでいた。

「……光輝なら、素敵な家を建ててくれそうだね」

「え？」

「だって人のこと、すごくよく見てるから。人の気持ちを汲み取るのも上手だし、優しいし。だからきっと全国から注文が殺到するような、すごい建築家になれるよ」

自然と口に出していたのは本音だ。でも、言い終わった後で苦いものが口のなかに広がった。

光輝が建築家になったら……。

私の知っている光輝は、『建築家になる』前に命を落としてしまう。

現実を思い出して、心がさらに重くなった。軽々しく『建築家になれる』なんて口に出してしまったことに後悔が渦巻く。

「睦月」

名前を呼ばれて、顔を上げる。無責任な自分に落ち込みそうになっていたのが、吹き飛んだ。だって光輝が……顔を真っ赤にして私の頭を引き寄せたから。

「そういうの、あかんって。さっきも言うたやろー……」

「え？　えっ？」

「嬉しすぎて、照れるって。あーもう、絶対今顔赤いし」

うん、たしかに。とは言えなかった。光輝の肩に額が届かないくらいの身長差では、彼の体温を感じるだけで精一杯。

「睦月の不意打ち、マジでやばいんやって」

「で、でも……本音だし……」

「それ、余計やばいから」

はは、と笑った光輝が、私の頭を解放した。

光輝の匂いでいっぱいだったところに、柔らかな風が吹き込んでくる。

「でも、ありがとう。睦月がそう言ってくれるんやったら、ホンマになれそうな気がしてきた」

そこまで言って、くしゃっと私の髪を撫でた彼が、照れたように微笑んだ。

「人気者の、立派な建築家に」

ずきん、と胸が痛む。

嬉しいのに切ない。同じように笑い返したいのにできない。この先に起こるすべてを知っている私は、どうしていいかわからなくなるんだ。

鼻の奥がツンとして、また泣きそうになっていることに気がついた。私はいつもそうだ。泣くことで自分以外の誰かに解決してもらおうとする。どうにかすることができるのは、私だけなのに。

そんな私に気づいていない光輝は、もう一度私の頭を撫でてから、手を繋ぎ直して歩き出した。私は黙ってそれに従う。

本来の、高校二年生の私なら、きっと『光輝なら立派な建築家になれるよ！　絶対！』なんて無邪気に返していただろう。

光輝の夢への努力を知っていたから、必ず叶うと確信していた。そして彼がそばにいてくれる未来を信じて疑いもしなかった。自分がついた嘘で全部壊れることも知らずに……。

「あ、そうや」

何かを思いついたように、光輝が言う。

「睦月、今日は夜景見に行こか」

「えっ……」

突然の提案に、思わず足が止まった。夜景なんて、彼と見に行ったことがあっただろうか。お祭りや花火大会以外は、いつも夜になる前に家に帰されていたはずだ。

言葉に詰まった私の顔を、光輝がのぞき込んでくる。

「あれ？　嫌？」

「い、嫌じゃない！　でもどこに……？」

「山の方。暗くなる前に行こ」


ゆっくり歩きながら、商店街の名残がある昔ながらのエリアを抜けて、大通りのバス停へ向かう。

「バス、あと十分くらいで来るわ」

「タイミングよかったね」

「そうやな。睦月、足しんどくない？　大丈夫か？」

たくさん歩いたから多少の疲れはあった。でも、光輝が心配するほどの苦しさはない。

「大丈夫だよ」

「ほんまに？　無理してへん？」

心配性な彼に、思わず苦笑した。

「平気だよ。子どもの頃と違って、もう健康体なんだから」

何気なくそう言ってから、しまったと思う。光輝の顔がわずかに歪んだからだ。

気まずい空気をごまかそうと、「えっと、そうじゃなくて……」と繋ぐけれど、うまく言葉が出てこない。すると先に光輝が口を開いた。

「睦月、ごめんな」

「えっ？」

突然謝られて、私は調子外れの声を上げることしかできなかった。光輝は真剣な表情で私を見つめている。

「ほんまはずっと、睦月に謝らなあかんって思っててん」

その時、私たちの前にバスが滑り込んできた。プシューッと大きな音がして、バスの昇降口が開く。

「睦月、乗って」

「え、うん……」

聞き返そうとした口を閉じ、促されるままに、ステップを一段ずつ上がる。光輝もそれに続いてバスに乗り込んだ。二人がけの空席があったので、そこに座る。

ドアが閉まるとすぐにバスは走り出した。私はちらり、光輝の顔をうかがった。

「……何、どうしたん？」

「えっ……だって……」

「さっきの話は後でな。やっと座れたんやから、ゆっくり休み」

「……うん」

それから約十五分。バスを降りたのは、普段降りるさかき坂二丁目の一つ先のバス停だ。

「もうちょっと登るけど、いける？」

「うん」

光輝に誘われて、坂道を上る。少しずつ傾いてきた太陽が、二人の影を伸ばしていく。私はあまり行ったことのない方向だ。でも光輝の足取りに迷いはなかった。

「睦月、大丈夫か？　しんどい？」

黙り込んでいたからか、光輝が心配そうに足を止めた。私は顔を上げて、彼の視線に答える。

「えっ、ううん。大丈夫だよ」

高校生になった私の体はもう、健康そのものだった。病院に通うこともほぼなくなり、体育だってほとんど休まなかった。

光輝が心配してくれるのはありがたいけれど、そうさせているのは過去の自分なんだということも痛いほどわかっていた。

「無理してへんやんな？」

「うん。本当に平気」

頷くと、少しだけホッとしたように彼は息を吐いた。歩道がない道だ。光輝は私を守るように車道側を歩いてくれる。気がつかないくらい自然に。

こういうところだ。さりげなく優しく、守ってくれる。そんなことも今は泣きそうに切ない。

少し歩いた先に、遊歩道のようなものがある。その奥にテラスのような場所が見えた。ふと足を止めた光輝は、そっと私の手を取った。

「何？」

「ちょっと目閉じてて。すぐやから」

「え？　う、うん……」

戸惑いながらも言われた通りに目を閉じて、光輝に身を任せる。私の手を優しく握った光輝が、そっと先へと誘導してくれる。

「着いたで、ほら」

「え？　……わあ」

足を止めた光輝に促され、目を開く。指差された先に見えたのは、遠くの家々が灯す光の波だった。まだ夜になりきっていない、ほのかな明るさの残る世界。オレンジ色の光がたくさん輝いている。

「あれ、どのあたりなのかな？」

「んー、方向的には青葉台とか、日向台(ひなただい)らへんやと思うんやけど」

私たちが今いる場所は、山からせり出したような場所にあるらしい。視界は広く、遥か向こうまで見通せる。さかき坂にこんな場所があることも、全然知らなかった。

「綺麗だね」

「気に入った？」

「うん。何だか不思議で」

大都市のように、圧倒されるほどの光量があるわけじゃない。きっと東京のビルから見下ろす夜景の方がよほど圧巻だろう。それでもこの夜景には、どこかホッとするものがあった。

光輝がさっき言っていたように、人の暮らしがそこにあると感じられる。私が光輝と出会って育ったこのさかき坂から見ているから、というのもあるかもしれないけれど。

「よかった。睦月、キラキラしたもん好きやから、喜ぶかなって」

「ありがとう、連れてきてくれて」

感謝の気持ちを口にすると、光輝は私の手を握った。

「高校卒業して、免許取ったら隣町の夜景も一緒に見に行こな」

「隣町でも、夜景が見られるの？」

「うん。けっこうすごいって、有名らしいで」

「そうなんだ。楽しみ」

私が未来を変えさえすれば、きっと叶う。希望を胸に、私は微笑んだ。

光輝は同じように微笑み返してくれた後、真剣な眼差しで私を見た。

「さっきの、話やけど」

「……うん」

来た、と思う。中途半端に投げられた光輝の謝罪の、その続き。私は聞く姿勢になって、彼へ向き直った。

「俺……昔、睦月を殺しかけたこと、ある」

「っ」

息を呑む。今の私だからこそ、すぐにわかる。あの、『ひみつきち』への冒険のことだと。

あれは、光輝のせいじゃない。それなのに、まさかそんな表現をされるなんて。

「睦月は、記憶にないかもしれんけど。小学生の頃、一緒に病院抜け出したことがあってん。でも俺、睦月が倒れるまで、睦月の体調が悪なってることに気づかんかった。入院してるっていうのがどれだけ重大なことなんか、全然わかってなかったから」

少し目を伏せた光輝の顔が、辛そうに歪む。見ていられなくなって、私は口を挟んだ。

「それは違うよ！　あれは私が悪かったんだから。光輝に無理言って、外に出たいって、病院抜け出して……」

「……睦月、覚えてたん？」

驚いた顔をする彼に、私は強く頷く。この頃の私は忘れていても、今の私は覚えている。

「覚えてる。……じゃなくて、思い出したの。光輝が、私のために……たくさん、傷ついたこと」

「…………」

「ごめんね、光輝。謝るのは私の方だよ。お母さんとお父さんが……光輝に酷いこと言って……」

「ええねん、睦月のご両親の反応は、普通やと思う。俺かて、あの立場やったら……」

「でもっ」

あの時の両親の、とくに母の取り乱し方は普通じゃなかった。光輝を、光輝の心を殺してしまうんじゃないかって思うくらいに、言葉の刃は冷たくて鋭かった。

病院での光景が今、ありありと浮かんで涙が出そうになる。母の暴言も、父の視線も、小さな光輝の背中が震えていたことも……。

「睦月、ご両親を責めたらあかん。睦月が倒れたのは俺の軽率な行動のせいやねんから」

光輝は、まっすぐ私を見つめてそう言った。

想像できないくらい、大きすぎる傷を負ったはずだ。それなのに彼は私をたしなめようとする。どうして、という思いがまた強くなった。

「でも、酷いよ。あんな風に言わなくたってよかったはずだもん。私のせいなのに、光輝が全部悪いみたいに……！」

「ちゃうねん、睦月、聞いて」

私の言葉を遮って、光輝は私の肩をつかんだ。落ち着かせるためというよりは、思わず、という感じだ。

ぎゅっと握られたところが熱を持つみたいに、主張を始める。

口をつぐんだ私に、光輝は切なげな表情で言った。

「俺、今はもっとあの時のご両親の気持ちがわかるんや。だってもし今、睦月がいなくなったらって考えると……気ィ狂いそうになるから」

「っ……」

我慢が、できなかった。飲み込んだすべてが、涙になって零れ落ちる。

ただの、たとえ話なのに。こんな会話、きっと呆れるくらい繰り返してはお互いの存在を大事だって確認していたはずなのに。ただの恋人同士のじゃれあいと同じだって、わかるのに。

光輝がそんなこと言うから、叫びだしたくなる。

私だって同じだよ。光輝がいなくなって、世界から色がなくなったみたいで。光輝のそばにいた頃のさかき坂は、すべてが、あんなに鮮やかで綺麗だったのに。光輝がいなくなってからはもう、何もかもくすんで見えるんだよ。

「睦月、泣かんとって。それだけ大事やって、言いたいだけやねんから」

「っ、ううっ……」

涙を止めたいのに、嗚咽が漏れるばかりだ。情けない私。

正反対に、光輝は優しくて、強い。どうしてそんな風にいられるんだろう。私を守って、ずっと何も言わずにすべてを背負ってくれていた。

光輝からあの日のことを謝られるなんて、過去にこんな記憶はない。

何がきっかけでこんな場面が生まれたんだろう。これも未来の変化に繋がるだろうか。どんな影響があるんだろうか。

——私は光輝を、救えるんだろうか。

そこまで考えた瞬間、少しだけくらっとした。現実に引き戻されるサインだ。咄嗟に、私は光輝の胸に飛び込んだ。

「……好きだよ、光輝」

「えっ」

戸惑った様子の彼に構うことなく、私は自分の小指を彼のそれに絡めて続ける。

「大好きだよ。だから約束して。これからもずっと、大人になってもずっと……絶対、そばにいるって」

切り出したのは、めちゃくちゃな『約束』。

でも、『約束』をすれば、未来が変わるかもしれない。そんな期待があったから。

光輝は指切りの約束を絶対守ってくれる。私に残された道はそれしかなかった。

またためまいが強くなる。きっともうタイムリミットなんだろう。

すがるように、ぎゅうっと、腕を回して彼を抱きしめた。光輝の体は私のそれとは全然違っている。ハリのある引き締まった背中は私がどれだけ力を込めたって壊れそうにない。

そっと、私の背中に手が回った。光輝の手がするりと私の頭を撫でて、応えるように抱きしめ返してくれる。

「うん。わかった。睦月のそばにおるよ、ずっと」

優しい声が、耳元で響く。心から安心できるその声色に、私の意識はふっと途切れた。

一月十四日 ✿ 6粒目

目が覚めた時には朝だった。また、金平糖を食べてそのまま眠ってしまったらしい。

ゆっくり体を起こす。ベッドではなくソファで寝ていたせいか、体がガチガチだ。

ふと、自分が金平糖のビンを握りしめていることに気がつく。どれだけ必死だったんだろう、と少しおかしい。

さて、と立ち上がって体を伸ばす。大きく息を吸って吐いて、顔を上げた。

昨日のタイムリープで、何が変わったか確かめないと。

すぐ近くにある卒業アルバムは、昨日のままだった。光輝のいたクラスのページが開かれていて、すぐにその姿を見つけることができた。『早瀬光輝』の名前と、笑顔の写真を。

同じ高校に進んでいるのは間違いない。卒業まで一緒だった。コメントも変わっていないから、夢も諦めていないだろう。

私はアルバムを手早く本棚に戻して、部屋を出た。階段を下りて、リビングへ足を踏み入れる。心臓の鼓動が速くなる。

「睦月、起きたの？　おはよう」

「おはよう」

母からの挨拶に答えてから、昨日と同じく一時置きの棚へ歩み寄る。

返礼品が……ない。

葬儀は、なかった？　じゃあ、光輝は……生きている、の？

希望がじわりと湧き上がってくる。光輝と一緒に散歩して、夜景を見た。振り返ってみれば、何気ない一日だった気がする。

光輝の将来の夢を、ちゃんと知った。初めて夜景を一緒に見た。過去のことを謝られた。両親を責めるなって言われた。私がいなくなったら気が狂う、とも……。

「睦月？」

いつの間にか近くに来ていた母が、声をかけてきた。

「……何？」

「今日は、どうするの？」

「どうする、って……？」

何を聞かれているのかわからずに、首をかしげる。すると母は言い辛そうに、質問を続ける。

「ほら、早瀬さんのお宅に行くって言ってたでしょ？　もう明後日には向こうに帰るんだし、今日あたりお邪魔するのかなと思って……」

「光輝の、家に？」

母の言葉に嫌な予感がして、自然と顔が歪んでいく。それに反応するように、母の表情も曇った。

「葬儀の日に、早瀬さんと約束してたでしょう？」

「え？」

葬儀の、日……？

「でも、返礼品……」

「え？　あ、ああ、片付けたのよ。昨日、睦月があれ見てショック受けてたみたいだったから」

「………」

光輝の葬儀は行われていた。また、変わっていない。光輝のいない現実が、まだ続いている。

「……嘘つき」

思わず口から零れ落ちたのは、光輝への悪態だ。

嘘つき。わかったって言ったのに。睦月のそばにおるよって言ったくせに。いないじゃない。十九歳の今を生きる私のそばに、光輝はいないままじゃない。

「え？　睦月？」

困惑したような母の声にも、反応できない。そんな風にさせているのは自分だとわかっていても、うまく考えがまとまらなかった。何度も頭の中で『また』だと繰り返すばかり。

昨日の光輝とのやりとりを思い出していると、ふいに母が私の肩に触れた。

「睦月、大丈夫？」

心配そうにかけられた声が、じわりと胸に落ちてくるのと同時に。

「……大丈夫じゃ、ない」

なんて、返事をしてしまっていた。それを皮切りに、ぽろぽろと言葉が零れ落ちてくる。

「光輝と離れてから、ずっと……、全然、大丈夫なんかじゃなかったよ」

私の心は、高校の卒業式の日からずっと、空虚なままだった。その理由は、私が一番よくわかっている。

「お母さんが光輝と別れるように言ったのは、私が昔、病院を抜け出したことが理由だよね？」

「あなた、覚えてたの……？」

少し震えた母の声。そこには、はっきりと動揺が見てとれた。どうしてそんな顔をするの、と問いただしたくなる。心の奥底に沈めていたはずの、悲しみと怒りが入り混じったようなやりきれない感情がとめどなく湧き上がってくる。

「あれは光輝のせいじゃない。私が光輝に頼んで、無理言って外に出たの。光輝はちっとも悪くないのに責められて……」

思い出すのは、薄暗い病院の片隅で震えていた、小さな背中。私のせいで、罪を背負わされてしまった幼い光輝の気持ちを思うと、涙が込み上げてくる。

「光輝と、別れたくなんかなかった。あの時、私が別れるなんて言わなければ……光輝は……っ！」

死なずに済んだ？　今もずっと、私のそばにいてくれた？

母に向けた言葉なのか、自分に向けての言葉なのか、もうわからない。うねるような激情に任せて、両親へのわだかまりをすべてぶつけてしまいそうになった、その瞬間。

『睦月、ご両親を責めたらあかん』

暗闇にふっと光が差すように……昨日の光輝の声が甦ってきた。

ハッとして顔を上げると、母も何かを堪えるように、苦しそうな表情をしていることに気がついた。

「お母さん……」

母の、両親のせいじゃない。もうわかっている。病気だった私を大事に思うからこその、強い拒絶だったんだって。

「私が、間違ってたの。別れなさいって言われたあの時に……ちゃんと、わかってもらう努力をしなきゃいけなかったのに」

光輝と別れたのは、別れると決めたのは、私だ。自分の弱さに負けて、流されて逃げただけ。だから今、こんなにも苦しい。

「お母さん、聞いて。私、光輝のことが好き」

強い思いを込めて、母を見つめる。もっと早くに、こうすればよかったと思う。

「あんなことがあった後でも、光輝はずっと私に優しかった。そばにいて守ってくれた。私にとって特別な、唯一の存在だった」

その気持ちは、今も変わらない。だからこそ。

「お母さんにどれだけ反対されても……大事だから手放せないって、ちゃんと伝えればよかった。別れたくないって、諦めずに頑張ればよかった。すごく、後悔してる……」

もう、涙を堪えることはできなかった。俯いて、ぎゅっと手を握りしめる。目の前で立ち尽くしていた母が、ぽつりと呟いた。

「……ごめんね、睦月」

小さな声は、震えている。私はそれに応えるように、頷いた。しばらくそのまま、私たちは静かに泣き続けた。

「……今日、行ってくるね。光輝の家に」

「そう……」

母に自分の気持ちを伝えたことで、はっきりした。過去に戻って光輝といる幸せな時間を味わっているだけじゃダメなんだと。もっとはっきり、何かを大きく変えなくちゃ、未来は変わらない。

でも、何をどうすればいいんだろう。

成人式の日には絶対会おうねって、約束するとか？　それとも、もっと直接的に、ううん、それじゃ意味がわからない。もっと具体的に……たとえば、二十歳になった一月には、小学校のそばに行かないでって、直接光輝に言えばいいのかな？

でも、理由を聞かれたらどうすればいいんだろう。『光輝が死んでしまうから』なんて、彼を前にしてとても言えそうにない。

母は「車で送ろうか？」と気遣ってくれたけれど、断った。一人で、光輝とのことを考えたかった。

別れてから約二年、訪れることのなかった場所。そこに行けば、何か手がかりがあるかもしれない。

私は心のなかで小さく祈った。

どうか、この現在を変えるためのヒントが、光輝の部屋にありますように。

お昼時を避けて、光輝の家に電話をかける。電話口に出てくれた光輝のお母さんにお宅にお邪魔したいと伝えると、快く応じてくれた。それどころか、緊張していた私に『待ってるわね』と明るい調子で言ってくれた。

光輝の家までの道程はシンプルだ。下り坂をひたすら道なりに歩くだけ。道路を挟んだ向かい側には小さな公園があるけれど、寒いからか誰も人はいなかった。

冬の冷たい空気がピリピリ肌を刺激する。顔は無防備だから仕方ないけれど、ぶるりと体が震える。ふいに、車道を走る大きなファミリーカーが目に入った。

「光輝、免許取れたのかな……」

何となく呟くと、昨日の夢でした約束を思い出した。隣町の夜景。まだ見たことのないそれを、一緒に見に行きたいと思う。

私は運転免許を持っていないけれど、光輝はどうだったのだろう。もし光輝が忙しくてそれどころじゃないのなら、私が頑張って免許を取ればいい。そして、私の運転で隣町に行って、彼が教えてくれた夜景を一緒に見たい。

あの約束を叶えられるかどうかは、今日と明日、あと二回しかない金平糖の時間にかかっている。

私は気合いを入れ直して、前を向いた。受け身ばかりの自分のままじゃいられないことを、再確認して。

さかき坂一丁目のバス停とその前にある商店を越えて、記憶のなかより少し寂しげに見える公園の角を右に曲がる。そこからすぐの場所に、光輝の家は変わらずあった。

緊張しながら、インターホンを押す。ピンポーン、という電子音が響いた。

『はい』

「あの、北野です」

『ああ、睦月ちゃん。ちょっと待ってね』

ガチャッという音がして、通話が切れたのがわかった。ドキドキ、心臓が主張する。怖いからじゃなくて、もっと別の、複雑な感情だ。

「睦月ちゃん、いらっしゃい」

玄関のドアが開いてすぐ、明るい声がした。私はぺこりと頭を下げてそれに答える。

「こんにちは。お言葉に甘えて、お邪魔します」

「何言うてんの、睦月ちゃんなら大歓迎やって。ほら、寒いから早く入って入って」

にこっと笑いかけられて、少しだけ肩の力が抜けるのを感じた。光輝のお母さんは、顔立ちは違うのに光輝と同じ空気を持っている。心の強ばりをほぐしてくれるみたいな、優しい雰囲気だ。

「お邪魔します」

もう一度軽く頭を下げて、門をくぐる。数段の階段を上って、光輝のお母さんに促されるまま玄関に足を踏み入れた。

光輝の家の、匂い。

本来なら二年ぶり。でも私にとっては二日ぶりだ。何となく感じた違和感は、そこに少しだけ混じっている線香の匂いかもしれない。

「仏壇、そこの和室にあるから。手合わせてあげて」

「……はい」

靴を脱いで揃えて、言われた通りにすぐ右手にある和室に向かう。強くなっていく線香の香りに足がすくみそうになるのを必死で堪えた。

和室に入ると、真新しい仏壇が出迎えてくれた。その中心には、葬儀で見た遺影が飾られている。

「……光輝」

何度見ても、嘘みたいだ。ここにはもう、写真のなかの光輝しかいないなんて。

ゆっくり近づいて、膝をつく。正座してそばにあった線香をあげ、光輝の写真と向き合った。

……ごめんね、光輝。まだ、わからないの。約束も思い出せない。光輝を救うための方法も見つからない。せっかく光輝がくれたチャンスなのにね。あと二回しか、ないのにね……。

心のなかで呟いて、手を合わせた。

目を閉じると線香の匂いが強くなった気がする。

悲しい気持ちを振り払うようにゆっくり目を開いて、顔を上げる。光輝の表情は変わらず明るくて、余計に胸が締めつけられた。

「睦月ちゃん、ありがとう。さ、こっちおいで」

光輝のお母さんが、開いたふすまの向こうから声をかけてくれる。私は「はい」と頷いて、立ち上がった。

「睦月ちゃん、光輝とは別れてたんやね」

「えっ……」

お茶の準備をしてくれていた光輝のお母さんが切り出したのは、思いもよらぬことだった。

突然のことに返事ができない私に、彼女はふふっと笑った。

「ごめんね、私、知らんかったんよ。光輝のスマホ見て、びっくりしたわ」

「……すみません」

「睦月ちゃんが謝ることないやろ？　光輝は別れたことなんて全然言わんかったから、勝手に遠距離やから会えてないだけなんやとばっかり思ってたわ」

まったくあの子は、なんて呆れたように言うけれど、そこには温かさがあった。

別れていたことを知らずにいた光輝のお母さんは、今、どういう気持ちで私と向き合ってくれているんだろうか。私の方から、酷い理由で光輝を突き放したと知ったら、この笑顔は曇ってしまうんだろうな。

複雑な気持ちで、視線を落とす。するとお茶をいれながらも光輝のお母さんは続けて言った。

「まあ、何があったかは本人同士しかわからんしね。光輝がこんな風になっちゃったからにはもう、どうしようもないからなあ」

光輝のお母さんは、苦笑してそう言った。湿っぽさは、あまり感じない。私の前だから、気丈に振る舞ってくれているのかもしれないと思う。

「はいどうぞ」と言って、光輝のお母さんが湯呑みを私の前に置いてくれた。ふわりと温かい緑茶の香りが鼻に届いた。

私の向かい側に座った光輝のお母さんは、お茶を一口飲んでから「でもね」と言った。

「睦月ちゃんがこうして、光輝に会いに来てくれただけで……私は嬉しいんよ」

「えっ」

どうしてですか、とたずね返すより早く、彼女は笑った。

「だって、別れてたとしても、光輝は睦月ちゃんのこと大好きやったから。その睦月ちゃんが家にまで来てくれて、光輝も嬉しいに決まってるわ。だから私も嬉しい」

「っ……」

ぐっと、喉が詰まる。涙腺が刺激されて、視界が滲んできた。そんな風に言ってもらえるなんて、思いもしなかった。

私は自分勝手に光輝を傷つけたのに。そんな優しい言葉をかけてもらえる資格なんてないのに。

光輝のお母さんの柔らかい笑みを見ていると、信じてしまいそうになる。光輝はあの嘘を許してくれていたんじゃないかって。贈りものをくれたのは、まだ私のことを想い続けてくれていたからかもしれないって。

ぎゅっと手を握りしめると、その上に雫が落ちた。自分の涙だと気づいた時には、また光輝のお母さんがハンカチを差し出してくれていた。

「睦月ちゃんも、光輝のこと、まだ好きでいてくれてたんやね」

「っ、はい……っ」

頷いて、ハンカチを受け取る。

——好きです。今でもずっと。

あの時から凍っていた心が、さかき坂に戻ってきてから溶けて溢れて、どうしようもないくらい。どうしてこんなことになるまで放っておけたんだろうって思うほどに。

過去の自分に対する悔しさと、この想いを光輝に直接伝えられない切なさが、混じり合ってぐちゃぐちゃだ。

悲しいのか寂しいのか、それとも光輝が離れた後も変わらずに私を想っていてくれたことへの嬉しさなのか……わからない。ただ涙が溢れて止まらなかった。

私が泣き止むまで、光輝のお母さんは待っていてくれた。すでにぬるくなったお茶を一口飲んで、ようやく落ち着いた私に、彼女は優しく言う。

「一息ついたら、光輝の部屋に行ってくれる？」

「え……？」

「睦月ちゃんに、光輝のスマホを見て欲しいんよ」

「え、でも……」

勝手に人のスマホを見るなんて。戸惑いを隠せない私に、光輝のお母さんは穏やかに微笑む。

「事故の時も持って行ってたんやけど、ラッキーなことに壊れんかったみたい。ロックもかかってなくて、我が子ながらびっくりしたわ」

「そんな、勝手に見てもいいんですか？」

「そりゃ、光輝は恥ずかしいやろけど、もう文句言われることもないしね」

からっとした態度でそう言うけれど、寂しさは絶対にあるはずだ。気を遣わせないようにそうしてくれているんだと思うと、申し訳なくなった。

「それに睦月ちゃんやったら見ても怒らんと思うわ」

「どうして……？」

「それは見てのお楽しみ」

光輝のお母さんは茶目っ気たっぷりに笑った。

断るわけにもいかず、私はお茶を飲んだ後、言われた通りに光輝の部屋へと向かった。

階段を上って、何度も訪れたドアの前で、すうっと息を吸って、吐いた。

「……お邪魔します」

小さく呟いてドアノブに手をかける。下に圧をかけて押すと、キィという軽い音がしてドアが開いた。

……光輝の匂いが、まだ残っている。

家具の配置は昔と何も変わっていなかった。

早くも泣きそうだ。勉強机と本棚。ぎっしり詰まった建築関係の写真集。記憶のなかより数が増えているのは、光輝が夢に向かって頑張ってきた証だろう。

勉強机に紙の束が散らかっているのが見えて、そこを目指すことにした。

一歩ずつ、踏みしめるように部屋のなかを歩く。光輝の部屋の空気が、肺を満たしていくのがわかる。

この部屋で、たくさんの時間を過ごした。話して、笑って、怒って、泣いて。目を閉じれば『睦月』と呼びかけてくれる優しい声が、聞こえてきそうな気さえする。

光輝の勉強机の上には、何かの設計図のようなものがあった。学校の課題だろうか。空間を測ったような数字と、立体的な図。そして何かの配線みたいなものもある。

何枚か重なっているそのすべてには、上から乱れた線がいくつも入っていた。これは全部、ボツだってことなのかな。

一枚拾って、じっと見る。光輝の描いたものをこうして見るのは初めてだった。繊細だけれど、思いきりのいい線が紙の上に躍っている。善し悪しは私には判断できないけれど、綺麗だ。胸がぎゅっとなる。

ふと、机の上にあるスマホに目がいった。光輝のお母さんが『見て欲しい』と言ったそれ。やっぱり少し抵抗があるけれど……無視するわけにはいかないと思った。

手を伸ばして、スマホをつかむ。少し型の古いそれは、高校時代から変わっていないようだった。

ホームボタンを押すと、画面が点灯した。ロックは、たしかにされていない。

「……不用心だなあ」

思わず笑ってしまった。

言われた通りにスマホを手に取ってはみたけれど、何を見ればいいんだろう。写真とか……？

思いついて試してみたけれど、課題で作ったらしい模型の写真とか、建物の写真ばかり出てくる。家族とか友達とかいるかなと思ったけれど、人はほとんどいなかった。

そういえば光輝って、あんまり写真好きじゃなかったっけ。二人の写真もなかなか撮らせてくれなかった。

少しだけ寂しくなりながらも、それを振り払う。次は何を見ようか。私に関係していることなら、もっと個人的な部分だろうか。

思い切って、メッセージアプリを見てみることにした。トークリストのなかに、私の名前を見つけて指が震えた。

まだ、残していてくれたんだ……。

私が最後に送ったメッセージは、当然ながら二年前の三月だ。なのに上の方にトークリストが上がってきているのは、おかしいなと思う。そっとタップすると……。

『睦月、あけましておめでとう。もうすぐ会えるな。ってそれは俺の願望やけど。離れた二年間、睦月がどうやって過ごしてたか、聞かせて欲しい。東京行って、また綺麗になってたらやばいな。めっちゃ緊張しそうやわ』

最新のメッセージは、今年の元旦になっていた。光輝が、私へと宛てた、届くはずのないメッセージ。

「……嘘……、どうして……？」

光輝のお母さんが見て欲しいと言ったのは、このことだったの？

急激に、心臓がどくどく動き出して息が苦しい。また、指が震えてきた。

これより上にもまだ、光輝から送ったであろうメッセージが見える。何が書いてあるんだろう。怖い。でも。

逃げちゃダメだ。

恐るおそる、スクロールしていく。


『だいぶ寒くなってきたけど、睦月は風邪引いたりしてへんかな。すぐ強がって大丈夫とか言うけど、無理したらあかんで。そういえば来年の成人式には来るんかな。来るんやったら、ちょっとでもいいから話できたらいいなあ』

『今日は初めて現場の見学に行ったんやけど、すごかった。うまく言えんけど、俺も早くあんな風に立派に働きたいって思ったわ。睦月はどう？　勉強、順調に進んでる？　嬉しい時もヘコんだ時も、何もなくても、どうしても睦月に会いたい、話したいって思う。睦月には俺はもう必要ないかもしれんけど、俺にはやっぱり睦月が必要みたいやわ』

『今日、天河で岩下に会った。偶然すぎてびっくりしたけど、あいつの髪がピンクでさらにびっくりしたわ。睦月にも会いたいわーって言ってたで。俺だって会いたいわ、とは言えんかったけど』

『友達の誘いでイベントサークルを手伝うことになった。七夕のお祭りみたいなことするみたいやわ。会場の設営とか任せてもらえそうで、やる気出てきた。織姫と彦星の伝説とかあんまり気にしてなかったけど、年に一回でも会えるんやったらいいなあって、そんなこと思ってしまった。恥ずかしいなあ、俺』

『おはよう。今日から新学期始まるけど、睦月はどんな気分？　俺は、今年から専門的な授業が増えるからすごい楽しみ。うまくいったら現場の手伝いもさせてもらえるかもやから、気合い入るわ。睦月が昔言ってくれたみたいに、立派で人気者の建築士目指して、今年度も頑張るな』

『睦月。会いたい。いきなりそっちに行ったら、困るよな。でも、会いたい』

『あっという間に一年やな。この間まで睦月と一緒に高校通ってたのに。睦月に会えない一年が、これからどれだけ続くんやろ。ちょっと、想像つかんわ。情けないけど』

『睦月、十九歳の誕生日おめでとう。今年は何もプレゼントできへんのが悔しいけど、来年は約束通り、ちゃんと祝うから。楽しみにしてて』

『今日はさかき坂に初雪が降ったで。バスが動かんくてどうしようかと思ったけど、駅前出たら全然雪なくてびっくりしたわ。さすがさかき坂やな（笑） そっちでも雪のニュースとか見るけど、大丈夫かな？ 睦月どんくさいから、心配やわ。無理しないように、頑張ってな』

『部屋の掃除してたら、おまじないの本見つけてん。睦月と一緒にいろいろ試したよな？ 懐かしいからちょっとやってみようかなって。睦月が見たら何て言うやろ。メルヘンすぎるって、笑われそうやな』

『夜遅くにごめん。前期終わって明日から夏休みやけど、睦月はこっちに帰ってくるんかな？ もし帰ってくるなら、連絡欲しい。もう一回、会って話させて。お願い』

『睦月、おはよう。あっという間に五月やな。サークルとか入った？ 睦月は人見知りやから、苦労してそうやな。俺はまだ考え中。建築系のやつ、いろいろ回ってみようかなって思ってる。睦月も体に気をつけて、頑張ってな。お互い、夢を叶えるために頑張ろうな』

『そろそろ東京に着いた頃かな。そっちはどう？　って、まだわからんよな。別れようって言われたのに、しつこくてごめん。でも、やっぱり諦められんくて。卒業式の時の睦月、めっちゃ苦しそうやったから何か理由があるんかなと思って……って、ただの未練やねんけど。もしまだ俺にチャンスあるんやったら、返事ください』


最初から、もうダメだった。

遡っていくごとに、文字を追う視界が滲んで、ちゃんと読むこともままならない。

私に呼びかけるように綴られた言葉たちが、光輝の声で再生される。全身が力をなくしてしまったみたいに、その場にへたり込む。

季節の移り変わりと、光輝の近況。そして、私への思いが綴られたメッセージは、途中からまるで日記のようになっていく。

私が一方的にブロックしたせいで、送りようがなくなったメッセージをずっとこうして残しておいた光輝の気持ちが、痛いくらいに伝わってくる気がした。

光輝も期待していたんだ。成人式で、私と会って話せると思っていたんだ。私たちの間にあった確かなものが、あのまま終わるなんて考えていなかったに違いない。

いつか言ってくれたみたいに、私たちは離れても大丈夫だって、信じていたんだね。

あれだけ酷い別れ方をしたのに、それでも私のこと……想い続けてくれていたんだね。

「っ、う、ううっ……光輝ぃっ……！」

とくにひとつのメッセージが、今、胸に刺さって苦しい。

『睦月。会いたい。いきなりそっちに行ったら、困るよな。でも、会いたい』

……そうだね、きっと困っていた。会ったら絶対にもう離れられないってわかっていたから。顔を見ただけで泣いてしまうに決まっている。だけど……迷いなく、私は彼の腕に飛び込んでいただろう。

光輝。会いたい。会いたいよ。

ぼろぼろ零れ落ちる涙が、視界を奪っていく。目が熱くて、心が痛くて、何も考えられない。

どうして、間違ってしまったんだろう。こんなにも大事にしてくれていた人から、ううん、こんなにも大事にしたかった人から、離れられるわけが、なかったのに。

泣いて、泣いて、泣いて。ようやく落ち着いた後で、光輝のスマホを机に戻した。

泣きすぎたせいか、ふらふらする。立ち上がっただけでしんどいくらいだ。それでもゆっくりと階段を下りていくと、下では光輝のお母さんが待っていてくれていた。

「睦月ちゃん、ありがとうね」

「え……？」

「光輝の気持ち、受け取ってくれて」

潤んだ瞳でそう言われて、私の方もまた涙腺が緩んだ。あれだけ泣いたのに、と必死にそれを抑え込む。

「こちらこそ……ありがとうございました。見せてもらえて、嬉しかったです」

ぺこり、頭を下げると光輝のお母さんは「ううん」と言った。

「あれは、睦月ちゃんに宛てたものやから。睦月ちゃんが知ってくれたら、それでいいんよ」

「……はい」

頷いて、玄関に進む。靴を履いて、もう一度光輝のお母さんと向き合った。

「東京にはいつ戻るの？」

「明後日です」

「そう、気をつけてね。もしよかったら、また来てくれたら嬉しいわ」

「はい、ありがとうございます。また、お邪魔しますね」

私は躊躇せずに頷いた。私にそう言葉をかけてくれる際に見せた光輝のお母さんの不安を、少しでも拭ってあげたかったから。

もう一度頭を下げてから、光輝の家を出た。自宅に戻る帰り道は、今度はずっと上り坂だ。バスを待つ気分にはなれなくて、歩いて帰ることにした。

光輝のメッセージに詰まっていた、私への想い。それを心に刻み込むように、一歩ずつ歩く。

今更遅いと言われるかもしれないけれど、どんなに大事にされていたか、思い知った。

それなのに、私は……。

「っ、バカっ……」

思わず飛び出したのは自分への罵倒だった。

どうしてもっと彼の気持ちを考えなかったんだろう。光輝だって、私と同じくらい辛かったんだ。

でもそれを周りには言わずに、ブロックされたトークルームにだけそっと溜め込んで。

「我慢ばっかり、してたんだね……」

金平糖の贈りものは、光輝から私へのメッセージだと思っていた。私が忘れている何かを思い出させるための、仕掛けなんだって。でも、もしかしたら。

光輝は賭けたのかもしれない。私が贈りものの意味に気づいて、『約束』の場所に来ることを。

「……やらなくちゃ」

いまだ思い出せない『約束』も。光輝の未来も。

両方、見つける。私が、光輝の願いを叶える。光輝のために。

家に着いてすぐに、自分の部屋に籠った。そして、金平糖と向き合う。

「あと、二回……」

口にしたら、緊張が高まった。残されたチャンスの少なさに、心細さが忍び寄ってくる。

金平糖のビンのふたを開けて逆さまにすると、一粒手のひらに転がり落ちてきた。深呼吸して、口に入れると地面がぐらりと回った、気がした。

私の前には光輝が座っていた。

真剣な表情で、ノートを広げている。その横には問題集らしきものがある。

私の手元にも同じように、数学の問題集が広げられていた。そっと体を起こしてもう少し視野を広げると、同じような姿勢で勉強する人たちが見える。

この光景は覚えている。市立図書館で、受験勉強しているところだ。

「睦月？」

「えっ？」

キョロキョロしていたから、光輝に声をかけられてびっくりした。目の前にいる彼は少しだけ怪訝な表情をしている。

「何、集中切れた？」

「あ、ううん、大丈夫。ちょっと伸びしたくって」

小さな嘘をついて、腕を上に伸ばした。ごまかすための嘘だったけれど、実際にぐーっと伸びをすると気持ちがよかった。

光輝は私をじっと見て、くすっと笑った。

「休憩はまだもうちょい先やで。ほら、集中」

「……はーい」

返事はしたものの、改めて問題集に向き合っても頭には入ってこなかった。

ええと、この問題ってどの公式を使うんだっけ……？

もはや触れ合うことのなくなった数式は朧げで、どうやら頭のなかから抜けていってしまったようだ。

受験から離れて約二年。当時の自分がこの問題を解いていたなんてびっくりだ。

ちら、と光輝の方をうかがうけれど、彼は真面目に問題演習に励んでいる。邪魔するのも悪いし、休憩時間を待つしかないか。

わからないからといって何もしないわけにもいかず、私は必死に記憶の糸を手繰り寄せながら問題に向き合った。

当時よりもかなり時間をかけて仕上げて、答え合わせする。間違いも多かったけれど、解けている問題もあった。脳の普段使わない部分を久しぶりに動かしたからか、疲労感が半端ない。

知らず詰めていた息をふうっと吐くと、向かい側でも同じような音がした。目が合った光輝は、にっこり微笑んでくれる。

「よし、ちょっと休憩しよか」

「うん」

頷いて、席を立つ。飲みものを買いに外に出ようとして、光輝がある本棚で立ち止まる。

「図書館っていいよな。勉強と息抜き、一気にできて」

そう言いながら、引き出したのは建築関係の本だった。私はつい呆れてしまう。

「そんなの光輝だけでしょ？」

「そうかな？」

「そうだよ。ねえ、早く行こう？　外じゃないとゆっくり話せないし」

「しゃーないなあ」

やれやれ、といった様子で光輝は本を元に戻して、私の横に並んだ。そして自然と私の手に自分の手を重ねて、歩き出す。

図書館を出ると、むわっとした熱気に包まれた。私も光輝も半袖だから何となくわかってはいたけれど、どうやら今は真夏らしい。

「暑いっ」

思わずそう言うと、光輝も頷く。

「ほんまに。でも天気よくてよかったんちゃう？」

「え？　どうして？」

「だって今日花火やろ？　雨やったら中止なるやん」

「花火……」

鹿乃川の花火大会か。じゃあ、今は高三の八月後半だ。

受験の天王山と言われる高三の夏休みの大半を、私と光輝は一緒にこの市立図書館で過ごした。周囲のほとんどが塾に通うなか、私が塾や予備校には通わないと決めたのは、環境が変わって新たな人間関係を構築するストレスを厭ったからだ。

それは光輝も同じだった。彼が明言したことはなかったけれど、きっと私に合わせてくれたんだと思う。

私たちは学校の補習には参加したけれど、それ以外はほぼこの図書館で勉強した。冷房が効いていて快適だし、他の学校の受験生たちも集まっているから気持ちが引き締まって集中できるという理由からだった。

自販機でお互い好きなジュースを買って、近くのベンチに座った。駅前の商業施設、天河テラスの四階が図書館だ。この場所からは、天河駅を見下ろすことができた。

「……懐かしい」

久しぶりに眺めた景色に思わず呟くと、光輝が「懐かしい？」と首を傾げる。

「あっ、じゃなくて！　暑いなあって！」

「そうやな、暑いよなあ、毎日」

「う、うん」

焦った。またやってしまった。

気を取り直して、考える。ここから未来をどう変えていくのか。今、どうすれば未来が変わるのか。

受験シーズン。勉強で必死の毎日。目標に向かって頑張る光輝。その先の夢を叶えてもらうために、直接的に未来を操作することができそうなのは……これしかない。

「光輝はもう、志望大決めたんだよね？」

「うん、第一志望はな。かなり高望みやけど」

はにかみながら言う光輝に胸が痛む。

だって私は知っている。高望みだなんて言うけれど、光輝は頑張って頑張って、ちゃんと第一志望の大学に合格することを。

だからこそ彼の表情を曇らせてしまうのを承知で、私は切り出した。

「光輝も、東京の大学に行かない？」

「えっ？」

「東京にも建築で有名な大学はあるって言ってたでしょ？　だったら私と一緒に東京に行こうよ、ね？」

精一杯、明るいテンションで言ったつもりだ。それでも光輝の困惑は晴れない。

「どうしたん、睦月。いきなり」

「いきなりじゃないよ、ずっと考えてたんだもん。光輝と離れたくないって……」

嘘じゃない。嘘じゃないけれど、今の私は光輝の意に反したことをしようとしている。

それがこの胸が重くなっていく原因だろう。

光輝が東京の大学に通うようになれば、きっと未来は大きく変わる。成人式ギリギリまで、帰省させないことだって可能だろう。私がそばにいて光輝を守ることができるはずだ。

これしかない、と思って賭けに出た。

「……ごめんな、睦月。それはできんわ」

「えっ……」

光輝の顔が、みるみるうちに翳っていく。しまった、失敗した、と気づいた時には遅かった。

「前にも言うたけど、俺はそこしか考えられへんくて。そりゃ無理めなんはわかってるけど、だからって諦めるのは嫌やから、今、必死に頑張ってる」

「………」

「ほんまにごめんな。もう睦月は納得してくれてると思ってたし、何か、高校受験の時に背中押してくれた睦月がそんなこと言うと思ってなかったから……ごめん、ちょっとショックっていうか……」

何も、言うことができなかった。軽い気持ちで切り出したわけじゃない。私だって考えて、何とかしたくて出した解決策だった。

それが、結果的に彼を傷つけることになってしまったなんて笑えないし、救えない。

真剣な眼差しの光輝は、少しだけ悲しそうにも見える。

思わず彼の顔から目を逸らして、俯いた。

「……ごめんなさい」

小さな声で、謝った。震える指先を、腿の上できゅっと握った。自分勝手な思いつきに弱々しい謝罪しかできない自分も、情けなくて嫌いだ。

ゆっくりと伸びてきた手が、私の手に重なる。こんな時まで、光輝は優しい。

「こっちこそ、ごめん。睦月が寂しいの、わかってるんやけど」

「ううん、私が悪いの。ごめんなさい。無理に志望大変えさせようなんて……本当にごめんなさい」

泣きそうになるのを堪えて謝る。

光輝の未来を変えたいだけなのに。でもやっぱり、こんな自分勝手なお願いを押しつけるのではダメなんだ。何か他の方法を見つけなくちゃ。

黙り込んだ私に、今度は光輝が質問を投げかけてきた。

「睦月は、決めたん？」

「え？」

「東京行くって。迷ってたやろ？」

「あ……」

言われてみれば、まだこの頃は、自分の進路を決めかねていた気がする。

高三になって、周囲も受験モードに切り替わっていった。私も勉強だけはするようにしていたけれど、光輝のように明確な目標を見つけられず、進路を決めかねていた。愚痴を光輝に零したこともあった。

『進路決めろって言われたって、何になりたいかなんてわかんないよ……』

『そうやなあ……じゃあ、難しく考えんと、好きなこととかやってみたいこととか、憧れてる人の職業とかさ。そういうのから考えていったらええんちゃうの？』

『憧れ……』

光輝のアドバイスで思い出したのが、子どもの頃過ごした病院での毎日だった。

彼と出会う前、灰色だった日々のなかで、心をほぐしてくれたものがあった。それが、絵本や児童文学だ。

外出もままならない体でも、本のなかでは自由だった。主人公に自分を重ね合わせれば、どんなことだってできた。

魔法を使って敵を倒したり、不思議な冒険をしたり、仲間たちと素敵な時間を過ごしたり。あの頃の私を、文字と絵が知らない世界へ連れて行ってくれていた。光輝に出会うまで、空想の世界だけが小さな私の心を穏やかにしてくれていた。

私も、同じように子どもたちの世界を少しでも変えられる人になれたら……。光輝がしてくれたみたいに、誰かの心をすくい上げることができたら……。

そんな思いから、児童文学を専門に学べるところを探して、見つけたのが今通っている大学だった。

他にも候補はたくさんあったけれど、子どもの頃に夢中になって読んでいた物語の作者が教鞭をとっていると知って、そこしか考えられなくなった。

最初は光輝と離れて東京へ行くなんて、不安しかなかった。でも中学の頃に比べて少しは成長していたんだろう、お互いの夢を尊重する気持ちも芽生えていた。だから決断したのだ。

「……うん。東京、行こうと思う。やっぱりあの先生の元で、学びたいから」

口にしてから、ハッとした。近頃の自分は、こんな大事なことまで忘れていた、と。

私が光輝と離れた理由。自分のなかに生まれたモチベーション。いつか、誰かを自分の物語で幸せにしたい。誰かの心に残る作品を作りたい。

あの頃の私は強い意志を持っていて、夢を叶えるために進学したのに……今の私は、何をやっているんだろう？

光輝と離れて、自暴自棄になって。何のために頑張っていたのかもわからなくなって。大学だって惰性で通っているようなもので。何となくで、日々が流れていた。

こんな風に光輝と同じ目線で、まっすぐ夢を語る資格なんて、今の私にあるの？

「そっか。睦月がそう決めたんなら、応援するわ」

光輝はためらいもなくそう言って、手をぎゅっと握ってくれる。だからだろうか、膨らんでいく後ろめたさが、一瞬だけ止まった。

光輝は私の顔を覗き込んで、目を合わせる。そして、繋いでいた手を離して、小指同士を絡めた。

「睦月なら、絶対大丈夫。頑張り屋なん知ってるし。それに、けっこう負けず嫌いやしな。俺も応援するから、お互い夢のために頑張ろな」

「……うん」

胸が詰まって、うまく笑えているか自信がない。それでも精一杯、頷き返した。

光輝がキラキラした目で私を勇気づけようとしてくれるのが、心苦しかった。今の私は、光輝に誇れる自分じゃない。

「指切りしよか。お互い、第一志望に受かるように、努力するって」

「……うん」

絡ませた小指を、軽く振り合う。指切りげんまん、嘘ついたら針千本飲ーます。指切った。

これで、私も光輝も、第一志望の大学に受かるしかなくなった。指切りの約束は、絶対だから。

でも、大丈夫。光輝が、応援してくれる。それなら頑張れる。光輝と離れた決断を、無駄にしたくない。

自然と、顔を上げていた。俯いて、いじけている時間なんてない。私にはやりたいことが、やらなきゃいけないことが、まだまだたくさんある。

現実に戻ったら、もう一度勉強し直そう。授業のノートやテキスト、文献を読み直すんだ。身についていない知識を洗い出して、なりたい自分になれるよう、頑張ろう。

心のなかで決意して、光輝の手を握り直した。

「私、頑張るね」

「うん。一緒に頑張ろうな」

頷いて、立ち上がる。休憩時間はもう終わりだ。図書館に戻って、勉強しなくちゃ。

そう思っていたら、同じように立ち上がった光輝が「そうや」と声に出した。

「なあ睦月、今日、鹿乃川の花火大会行こか」

「えっ」

突然の誘いに驚いて、光輝を見る。受験生の夏に光輝と花火大会に行った記憶は、ない。

これも十九歳の私がタイムリープしたことで起こった変化だろうか。

戸惑いながらも、私は答える。

「でも、勉強は……？」

「一日くらい、息抜きしたってバチ当たらんやろ」

毎日頑張ってるんやし、と言って彼は伸びをした。私は恐るおそる、その顔を覗き見る。

「本当に、いいの……？」

「いいのって、何やねん。俺が誘ってんのに」

苦笑しながら私の額を小突いた光輝が、笑った。

「行こ、睦月。今年初の、夏休みデート」

市立図書館は、土日祝日は十七時に閉館する。

いつもならそこからファストフード店に場所を移して勉強するか、家に帰って勉強するかだ。でも今日は違った。閉館直前まで光輝と一緒に勉強して、外に出てから河川敷に向かう。

「人、多いね」

「そうやな。隣町からもいっぱい来てるみたいやし」

夕方とはいえ、真夏の十七時過ぎは、太陽はまだ沈んでいない。じりじりと照りつける西日を避けるように日陰を選んで歩いた。

人ごみのなか、浴衣姿の人を見つけるたびに少しだけ残念な気持ちになる。

「私も浴衣、着たかったな」

ぽつりと呟くと、光輝が「ああ」と気がついたようにフォローしてくれた。

「そうやんな、ごめん。急に思いついたから」

「あ、ううん！　違うの、光輝に見てもらいたかったな、って……」

慌てて弁解してから、けっこう恥ずかしいことを言ってしまったと自覚する。

顔が赤くなっていくのがわかって、ますます恥ずかしくなった。

「そやなあ、俺も睦月の浴衣姿、見たかった。中学ん時にさかき坂の祭りで見た時も可愛かったけど、今の睦月やったらもっと可愛いやろうし」

「……何、言ってんの？」

「え？　べつに本音やけど。まあでも、来年の睦月に期待やな。楽しみにしとこ」

「…………」

ダメだ。完全に負け。光輝ってば、相変わらずストレートすぎる。

かあっとなる顔を隠すように、手で覆う。太陽の日差しももちろんだけれど、自分のなかから湧き上がる熱が重なって、のぼせてしまいそうだ。

花火大会の会場は、道中よりもずっと混雑していた。みんながゆっくり流れについて歩きつつ、花火の見やすい場所を探している。

「やっぱ、座れるとこがいいよな？」

「そうだね……荷物もあるし」

「とりあえず下に下りよか。斜面なら、まだあいてるとこありそうや」

光輝の導きで、階段を下りて屋台がずらりと並ぶ道に出た。舗装されていない土の道だから、土埃が舞って少し煙たい。ハンカチを口元に当てて進むと、おいしそうな匂いが混ざり合って鼻に届く。

「わあ、はしまき、おいしそう。かき氷もいいなあ」

「睦月は食いしん坊やなあ」

からかうように言う光輝を、じろりと睨む。

「光輝だってイカの姿焼き狙ってるくせに」

「なんでバレたん?」

「だって好きでしょ？　知ってるよ」

「睦月に見抜かれてるって、何か悔しいな」

「ええー?」

　眉を寄せて非難の目を向けると、光輝は降参といったように手を挙げた。

「とりあえず座るとこ探そ。あとで睦月の食べたいやつ、買ってきたるから」

「うん、わかった」

　そう言って、斜面を見上げて空いているスペースを探す。人が少ないところは雑草が多くて、何の準備もなく座るのには向いていない。階段は、花火が見やすい位置はほとんど埋まっていた。

　光輝とはぐれないように手を繋いで歩く。少しずつ日が傾いて屋台の明かりが目立つようになってきた。

「あ、睦月、そこは?」

「うん、いいかも」

　光輝が指差したのは、少しだけ雑草が短く刈られた斜面の中盤あたりのスペースだった。

　光輝に手を引かれて、少しずつ斜面を登る。

　ふと、ついこの間、これよりも角度のきつい斜面を登ったことを思い出した。

「何、どうしたん?」

「え？　ううん、前にもこんなことがあったなと思って」

「そうなん？」

「うん」

あの時は、先に登った光輝が声で応援してくれた。今は私の体を引き上げるように、力強く助けてくれる。成長したんだ、と思うと、心がじんわり温かくなった。

光輝は鞄からビニール袋を取り出して、私が座る場所に敷いてくれた。自分の分はなくても平気だという。

男だからって言うけれど、どういう理屈なんだろう。変に断るのも悪いなと思い、甘えることにした。光輝に支えられて座ると、ちょうど花火が上がる場所がよく見えた。

「いい場所だね、すごくよく見える」

「な。空いててよかった。じゃあ今のうちに何か買ってくるわ。何がいい？」

座った途端に光輝は立ち上がってそう言った。場所取りの関係上、一緒に行くとは言えず、お願いすることにした。

「ええと……じゃあ、たこ焼きかな」

「はしまきは？」

「粉モノ、かぶるでしょ？　たこ焼きなら分けやすいし。あとは光輝に任せるよ」

「わかった、じゃあ適当に買ってくるな」

「うん、ありがとう。待ってるね」

軽く手を挙げて、光輝は危なげなく斜面を下っていく。同級生から〝山〟と呼ばれる傾斜の強いさかき坂育ちだからか、バランス感覚は昔からいいみたいだ。その背中を見送ってから、視線を空に投げた。

光輝とこうして花火大会に来られて、嬉しい。でも、まだ未来を変えるほどの変化を起こせていない。

焦る気持ちは、少しずつ強くなっていった。現実に戻る兆候はいつ訪れるかわからない。それまでに光輝との間に何か変化を起こさないと。でも、どうやって……？

答えの出ない問答を何度繰り返しただろう。ぐるぐる回る思考を止めたのは、戻ってきた光輝だった。

「どうしたん睦月、眉間にシワ寄せて」

「えっ……、ううん、何でもないよ」

気がつくと目の前にいた彼に驚きながらも、それを押し込めて返事をした。

私の隣に座った光輝がビニールの袋をがさがさと開く。

「睦月のリクエストのたこ焼きと、俺が食べたかったイカの姿焼きな。あとフランクフルトも買ってみた。お茶は二人で分けたらいいかと思って一本にしたけど」

「わあ、ありがとう。お金払うね、いくらだった？」

「ええよ、俺が急に誘ったんやし」

「え、でもそんなの悪いよ」

「ええって。その代わり、帰りにかき氷食べたくなったらおごって」

「……うん、わかった」

こういう時の光輝は頑固だ。絶対に受け取ってくれない。渋々だけれど、私はそれを受け入れて、帰りには絶対かき氷かコンビニでアイスを買おうと心に決める。

光輝が買ってきてくれたたこ焼きをつついていたら、あっという間に日は沈んで辺りは夜になっていた。

さっきまで暑すぎる日差しが差し込んでいたのに、沈む時は一瞬だ。夜の闇を屋台の明かりが煌々と照らしている。時間を見ると、もう十九時を過ぎていた。じきに、花火が始まる。

私はずっと考えていたことを、思い切って光輝にぶつけることにした。

「ねえ光輝、お願いがあるんだけど」

「ん？　何？」

「二年後の一月八日は、家から出ないで欲しいの」

「はっ？」

素っ頓狂な声を上げたのは光輝だ。いきなりこんなことを言われたって、困るに決まっている。だけど。

「約束して？　二年後の一月八日は、家から出ないって」

「ええ？　睦月、いきなり何言うてるん」

困惑しかない、といった表情で、光輝が私を見ている。それでも私は真剣に、彼を見つめ返した。

光輝の志望大を変えさせることには失敗した。でも、光輝が亡くなったその日に小学校の周辺にさえ行かなければ、事故は起きないのではないかと考えたのだ。

この時点で考えれば遠い先になる二年後の冬のことなんて、ピンと来ないかもしれないけれど……これが、今の私にできる精一杯だ。

「お願い、約束して。私は光輝とずっと一緒にいたいだけなの……」

「睦月……？」

祈るように、光輝の手を取った。怪訝な表情の光輝に、もう一度視線を合わせた瞬間、ドオン、と大輪の光が夜空に咲いた。

花火大会が、始まった。大きくて綺麗な花火が、何発も重なるように上がっていく。打ち上げ場所から近いこともあって、花火の音もすごい。体の中心に響くような大きな音で、話を続けることはできなくなった。

私は、ゆっくりと光輝の手を離した。花火が終わるまで、お願いするチャンスはないと思ったからだ。

でも、離れようとした私の手を、光輝の手が阻んだ。ぎゅっと強く、私の手を握ってくれる。夏の夜の風が私たちの間をすり抜けていくけれど、繋いだ手は熱くて強い。

私も、応えるように手に力を込めた。そして色とりどりの花火に目をやる。

高校最後の夏、光輝と見る花火。本来なら二度と戻れないはずの今、この特別な時間をもらえたことに、少しだけ感謝する。そして来年も、その先もずっと、光輝と花火を見られますようにと、小さく祈った。

その時。

「──……──」

「え？」

光輝が呟いた言葉を、はっきりと聞き取ることができなかった。聞き返した私に、彼は微笑むだけだ。

「光輝、何？」

もう一度、聞き返してみる。光輝は笑って、耳元で言った。

「綺麗やなって、言うただけ」

それだけ？　と首を傾げると、また笑いながら光輝が顔を寄せてきた。何か言われるのかな、と思って耳をそちらに向けると、ちゅっとかわいい音がした。

耳元に、キス。

びっくりして光輝から距離を取ると、彼は悪戯っぽく笑っていた。

「ええから、花火見とき。綺麗やで」

「……うん」

耳元にキスされたのは、初めてだった。突然すぎて慌ててしまったけれど、今になってドキドキしてきて耳も顔もじわじわ熱くなってくる。

顔を上げると、華やかな大宴会が続いている。色とりどりの明るい花が、空に咲いては散っていく。光輝の体温を感じながら見る花火は、心まで温かくなるようだった。

……本当に、綺麗。

そう心から思った瞬間、ふっと、体から力が抜ける。途端にぐらりと体全体が揺れた。

……やだ、待って。嘘でしょ。まだちゃんと、話も約束もできていないのに……！

抗おうとして、繋いだ手をぎゅっと握ろうとするけれど、無駄だった。

光輝のぬくもりが、少しずつ遠くなって消えていった。

一月十五日 ✿ 7粒目

目覚めた時、時計の針は十二時過ぎをさしていた。

十二時って、夜じゃなくて？　と疑いつつカーテンを開けると、外が明るい。驚いた。ほぼ丸一日、眠っていたことになる。

ベッドに移動しているのは、両親のおかげだろうか。今度は最初からベッドで金平糖を食べよう、と思ったところでハッと気づく。

もう残りは一粒だ。

ついにこの日が来てしまった。昨日のタイムリープで、光輝を救えていなければ……チャンスはあと一回しかない。

確かめるのが怖い。でも、逃げるわけにもいかなかった。

私は金平糖のビンを拾い上げ、勉強机に置いてから部屋を出た。階段を下りて、リビングへ。緊張しながらも、母の元へと歩み寄った。

「よく寝てたわね。大丈夫？」

「うん。……あのさ」

「ん？」

「光輝のお葬式の返礼品って……どこにしまったの？」

ドキドキしながら、そうたずねる。葬儀があったのかなかったのか、この質問でわかると思ったからだ。

少しだけ戸惑ったような顔をした母に、希望を重ねる。けれど、それも一瞬だった。

「……どうしたの？　何かに使うの？」

立ち上がった母が、キッチンへ向かった。そして見覚えのある黒い箱を持って、戻ってきた。

「中身はお茶だったけど、向こうに持っていく？」

気遣うようにそう言う母に、顔が歪むのを堪えながら首を振った。またた。また、光輝がいないことを確かめるだけになってしまった。次第に、諦めにも似た感情がじわじわと、体から力を奪っていく。

「……ううん、いいや」

「そう？　じゃあ、お昼食べる？」

「うん、ありがとう」

無理やりだけれど、笑うことはできた。あからさまに落ち込んだところを母に見せても仕方ない。

ダイニングテーブルについて、ふうっと息を吐いた。

……また、ダメだった。

無力感が押し寄せてきて、戦う気力が折られていく。まだ諦めるなんて早いって、ダメだって思うのに、怖くてたまらなくなる。

しっかり約束はできなかったかもしれないけれど、八日は外に出ないで、と伝えることはできたのに、どうして？　これ以上、どう伝えればいいの？

いっそ、最後の一粒で戻る先が、一月八日当日ならいい。そうしたら無理やりでも引き止めて、光輝を守ることができる。

でも、過去への飛び先は自分で決められない。わかっていても願わずにいられなかった。

母が出してくれた昼食は、ソース焼きそばだった。昨日の記憶にあるたこ焼きの味を思い出して、少しだけ切ない気持ちがよぎる。野菜たっぷりのそれを、「いただきます」と手を合わせて食べ始める。

「睦月、お誕生日おめでとう」

「えっ?」

食事中、母からの突然のお祝いの言葉に、ハッとした。そうだ、今日は一月十五日。私の誕生日だ。

「あ、ありがとう」

「成人式の分も合わせて、今夜はお祝いしましょうね」

「うん」

とりあえず頷いて、笑う。嬉しくないわけじゃないけれど、今はそれどころじゃない。

母は、私が昨日の昼過ぎからずっと眠り続けていたことに対して、何も言わなかった。光輝の件があるから刺激しないようにそっとしておいてくれているのだろう。

ごちそうさまを言って、部屋に戻る。

部屋のドアを閉めて、勉強机に歩み寄る。最後の一粒が、私を呼んでいるように見えた。

　ほとんど空のビンを手にして、ベッドに座る。鼓動がどんどん大きく響き始めているのを、自覚した。

　最後の一粒。光輝に会えるのは、これが……最後。

　本音を言うと、怖かった。最後のタイムリープが、私の予想もしない場所だったら。彼ともう、離れてしまった後だったら。

　ううん、もしそうなったら、彼の死亡日時に間に合うように帰って『お願いだから行かないで』って言えばいい。

　……でも、もし叶うなら……光輝に嘘をついたあの日に戻りたい。

　人生で最大の後悔をやり直したい。嘘なんてつかずに素直に光輝と向き合いたい。そしてずっと彼のそばにいられる未来が欲しい。

　考えても祈っても、無駄だってわかっている。わからないことばかりだ。どこに飛ばされるのかもわからない。未来が変わったらどんな弊害が起きるのかもわからない。それでも。

　私は、光輝を助けたい。光輝に、生きていて欲しい。

　ビンを傾けて、最後の金平糖を手のひらに出した。

　覚悟を決めて、口に含む。甘い砂糖の蜜が、とろけてほどけて……ぐるりと世界が回った。

……ゆっくりと、目を開ける。

女子はブレザーにリボン、チェックのスカート。男子は同じくブレザーにネクタイ、グレーのスラックス。見慣れた制服と、黒い頭が並んでいた。

広い体育館いっぱいに詰め込まれた学生たちの背中。普段はそっけない壇上が、大きな花や学校旗で飾られている。どこからともなく鼻をすする音が響いている。

「卒業証書、授与」

マイクを通した大きな声。

高校の卒業式、当日だ。光輝との最後の時間となった、後悔しかない日。

胸がずきんと痛んだ。でも。

最後の最後で、希望通りの日に飛べた。この幸運を、絶対に無駄にはできない。強い決意を胸に、前を向く。

式はつつがなく進んでいく。答辞も送辞も初めて聞いた気がするのは、きっと他のことで頭がいっぱいだったからだろう。この時の私は、光輝にどうやって別れを切り出せばいいか、必死に考えていたから。

嫌いになった、なんて口が裂けても言えないと思った。遠距離になるからとか、自信がないとか、そういう言葉で濁すしかない。両親に納得してもらうために、ちゃんと別れを伝えなきゃいけない。でも、やっぱり光輝には嫌われたくない……って、うじうじぐるぐる考えていた、あの日の私。

でも結局シミュレーション通りにはいかなくて、苦し紛れに思ってもいない嘘をついて、逃げるように家に帰った。

何度思い出しても、辛くて目を背けたくなる記憶。

切り出した私ですらそうなんだから、一方的に酷い言葉を投げつけられた光輝の方は、もっと苦しかっただろう。そんな想像さえできないくらい、自分のことでいっぱいいっぱいだった。これまでの人生で一番、苦い思い出だ。

でも、この日に戻れたってことは、やり直せるってことだ。そう気づいた時、希望が見えた。

今度こそ絶対に、嘘なんてつかない。私は光輝とずっと一緒にいたい。今も過去も、変わらずに。

光輝に別れを告げることさえなければ……離れ離れの二年間は、もっと違う形になるはずだ。そばにいられなくても連絡を取り合うことで繋がっていけただろう。

今の私は、彼が送れなかったメッセージだって、きちんと受け取っている。

たくさんの希望が、想像が、溢れてくる。

そうだよ。嘘さえつかなければ、別れさえしなければ、これまでの二年間を変えられる。

そうすればきっと……光輝が生きている未来を、迎えられる。

卒業式が終わると、クラスで最後のホームルームが行われた。そのなかで、担任がこれまでにない真剣なトーンで教室全体によく通る声でこう言った。

「卒業おめでとう。もう大人に近い自分らに先生からそない偉そうなことは言えん。でもな、一つだけ覚えといてくれ。生きることと死ぬことは、紙一重やと先生は思う。人はいつか絶対に死ぬ。けど、存在まで消えるわけやない。生きるっていうのは、他者のなかに存在することや。これからの人生、君らには、他者の心のなかで生き続けられるような人間になって欲しい。そうなれるように、頑張って生きていって欲しい」

巣立つ私たちへ向けての言葉は、重く響いた。

私たちより大人である先生からの熱いエールに、いつもくだけた雰囲気だったクラスのみんなも神妙な面持ちをしていた。時々、嗚咽が漏れるほどに。

でも、私の意識はすでに、その先へと飛んでいた。この後、クラスメイトも全員、教室からいなくなってからが本番だ。

私は光輝と向き合って、話をする。何から話せばいいだろう。

「それじゃ、これで終わろか。日直……は、いないから、委員長、号令頼むわ」

「はい。起立！」

かけ声で、全員が立ち上がる。一斉に椅子を引くから、ガタッ、と大きな音が響く。何だか懐かしい。

「礼！　ありがとうございました！」

「ありがとうございました！」

どこからともなく、拍手が起こった。私も倣って、手を叩く。教壇に立つ先生の目は、少し潤んでいた。

「先生も写って！」

「全員で写真撮ろー！」

クラスでも目立つ子が率先して声をかけ、教壇に集まった。私も促されるままに、その輪に入る。

「行くでー！　セルフタイマーやから、十秒後な！」

スマホをセットした子がそう言って、みんなの輪に加わる。シャッターが切られるまでみんな息を止めていたのか、カシャッという音がしっかり聞こえた。

「みんなありがとー！　あとで送るわ！」

「わあ嬉しー！」

「よろしく！」

別れの時間だっていうのに、みんなの表情は明るい。ちょっと涙ぐんだりしながらも、この先の未来を楽しみにしている。

少しずつ、教室から人がいなくなっていく。仲良くしてくれていた子たちは、私と写真を撮った後で部活の後輩たちが待つ部室へ行くと言っていた。

一人、また一人と出ていく教室は、徐々に寂しさを増していく。私はそのなかで、ノートを開いて一生懸命手を動かしていた。

「睦月」

やがて声をかけられて顔を上げる。光輝が教室の外で手を振っていた。私は書き終えたノートを閉じて立ち上がり、彼の元に近づく。

「光輝のクラスは、もう解散したの？」

「一旦な。打ち上げはまた夕方からやるみたいやけど。それより、睦月に渡したいもんあってさ」

「渡したいもの？」

「うん。ここの教室、もうすぐ空きそうやな。待たせてもらおかな」

振り返ると、さらに人は減っていた。私は「そうだね」と言って彼をクラスに招き入れる。

「何書いてたん？」

「うん……あとで話すよ」

「ふうん？　睦月の机、何か綺麗やな」

「そう？　普通じゃない？」

「落書きとかせんの？　クラスの女子、教室中に自分らの名前刻んでたけど」

「何それ。そんなことしないよ」

自分の名前を書いて残すなんて、そんな発想はなかった。余裕がなかったせいもあるかもしれない。

「そうや、睦月、大学合格おめでとう」

「ありがとう。ってもう祝ってもらったよね？」

私大の入試は二月に終わっている。合格通知が来てすぐに、光輝はお祝いだと言ってケーキをご馳走してくれたはずだ。

「まあそうやけど。卒業したことやし、改めて？」

「あはは、ありがとう」

笑いながら、私も光輝に向けて拍手を送った。

「光輝こそ、おめでとうだね。自己採点、すごくよかったんでしょ？」

「んー、でも結果出るまでわからんからなあ。ドキドキや」

「大丈夫だよ、絶対」

力いっぱい肯定すると、光輝は笑った。

「睦月にそう言ってもらうと、大丈夫な気がしてくるなあ」

「だから、大丈夫なんだって！　安心していいよ」

そんな話をしていたら、教室内には私と光輝だけになっていた。

普段は騒がしいはずの教室が、いやに静かで……何だか世界に二人きりみたいだ。

何となく、立ち上がる。光輝も同じように立って、二人で向き合った。

「渡したいものって？」

そうたずねると、光輝は「うん」と言って、鞄のなかから小さな何かを取り出した。

「これ、もらってくれへん？」

光輝の手のなかにあるカラフルなものを見て、私は硬直した。

それは……そのビンは……！

「睦月、好きやったよな？　金平糖」

柔らかく微笑む光輝が、小さなビンを私の手に握らせてくれた。

間違いない。これは、私にこの時間旅行をくれた金平糖のビンと同じものだ。一つだけ違うのは、中身がたくさん詰まっていること……。

驚きのあまり何も言えずにいる私の手に、光輝はそっと自分の手を重ねた。

「一日一粒食べて、俺のこと思い出して。二人ずっと一緒にいられるように、お願いしながら」

「それ、って……」

「あ、もしかして覚えてた？『こんぺいとうのおまじない』、昔やったやろ？」

少しだけ照れくさそうに、光輝は言った。

「でもさすがに一年分の金平糖詰めるのは無理やってん。あんまりでかいのも荷物になるしさ」

おまじないを叶えるのなら、一年分以上の金平糖が必要だ。だからそんなことを言うんだろう。

今、渡されたビンは、私の両手にちょうど収まるサイズだ。ビン一杯に詰まったカラフルな金平糖を毎日一粒食べたとして、どれだけもつだろう。二ヵ月か、三ヵ月が限度だと思う。

私の疑問などわかっているかのように、光輝は「だから」と続けた。

「約束しようと思って。このビンが空になる前に、会いに行くって」

そう言って、彼は小指を立てて差し出した。いつもの指切り。

光輝は、距離なんかで諦めるつもりはなかったんだ。それどころか、こんなにも嬉しい約束をくれるつもりでいたなんて……。

なのに私は、自分のことしか考えていない私は、もう無理なんだって一人で勝手に決めて、別れを告げて嘘までついて切り捨てた。

今目の前にある、光輝が差し出してくれた金平糖も、約束の言葉も何もかも、聞くこともないままに。

頭よりも、体が先に反応していた。差し出された小指に、ゆっくりと自分の小指を絡める。ぎゅっと握られた感触が、懐かしすぎて言葉にできない。

「睦月と離れるんは、正直寂しい。ずっとそばにおってやりたいって、今でも思う。でも」

まっすぐ、私を見つめた光輝が続ける。

「俺も睦月も、一人で頑張ることを覚えなあかんってことなんやと思う。たぶん、会えないのってかなりキツいと思うけど、それは俺も一緒やから。こうやって金平糖とか、約束があったら頑張れるかなって思って……、って、え？」

我慢できなかった涙が、はらはらと落ちる。止めることなんてできない。過去の自分の浅はかさと情けなさで、動くことさえできなかった。

「睦月？　どうしたん？　俺なんか嫌なこと言うた？」

「ちがっ……」

必死に頭を横に振るけれど、涙が溢れて喉が詰まって、どうしようもなかった。まるで答え合わせをしているようだ。

十九歳の私に送られてきた金平糖のビンの空白には、光輝の思いが詰まっていたんだ。光輝は、私にこんなに素敵な約束をくれるために準備してくれていた。そばにいなくても光輝を感じられるように、子どもじみた『おまじない』を持ち出して。金平糖を食べる前に会いにくるなんて目に見える支えまでくれて。

光輝の気持ちが嬉しい。でもそれが果たされないと知っているから苦しい。

自分のことばかりで光輝の気持ちを思いやれなかった過去が悔しい。大事に思ってくれていることをきちんと受け止められなかったことが、あまりにも悲しい。

感情のすべてが大きくうねって、爆発しそうだ。

私が勝手に突っ走ってあんな嘘さえつかなければ、私たちはずっと幸せでいられたに違いないのに。

「睦月？　大丈夫か？」

「っ、ううーっ……！」

声にならない気持ちを伝えたくて、私は光輝の腕のなかに飛び込んだ。

嬉しいんだよ。幸せなんだよ。ずっとこうしていたいんだよ。

でもそれじゃダメなの。このままじゃ、きっと何も変わらない。私たちはまた離れ離れになってしまう。

「っ、光輝っ……お願いだからっ……二年後の一月……っ、私の言うこと、聞いて……っ？」

途切れ途切れの懇願を、光輝はちゃんと聞き取ってくれたらしい。

「二年後？　……ああ、何か、夏にもそんなん言うてたなあ」

「お、覚えてて……、くれたの……？」

「何となくやけどな」

ははは、と笑う光輝は、私をなだめるように頭と背中を撫でてくれている。心地よさにめまいがしそうだ。

けれど私はそこから離れ、机に出しっぱなしにしていたノートを手に取った。

「これっ……」

「ん？」

さっきまで開いていたそれを、光輝に押しつけるように渡す。

どこに飛ばされるかわからない過去への時間旅行の最後。これが、今の私に出来る最善の策だと思った。

このノートには、二十歳になった私の気持ちが記されている。

「二年後、一月になったら……読んで。過去の……ううん、未来の光輝に、手紙書いたから」

「未来の、俺に？」

「うん。忘れないで。二年後の一月八日に、読んで欲しいの」

「……うん、わかった」

私のただならぬ迫力と焦りが伝わったのか、光輝はノートを受け取って頷いてくれた。

ホッとしながら彼の胸にもう一度飛び込む。

「約束だからね。絶対、守ってね」

「はは、わかったって」

笑いながら、光輝はそっと私に指切りしてくれた。ほっと息を吐く。

「……二年後って、俺らも二十歳やな」

「え、うん」

「睦月の二十歳の誕生日には、大人になったらって言ってたあの約束も叶えるから。楽しみにしとって」

光輝の聞き捨てならない言葉に、念押しのために『一月八日は家から出ないで』と再度伝えようとした声は引っ込んだ。

反射的に、質問が口から飛び出す。

「約束、って……？」

「ああ、やっぱ忘れてるよな。でも俺は覚えてるから。ってこれ、前にも言うたよな？」

光輝は確認するみたいに、そう言った。私はすがるような気持ちで彼の言葉を待つ。

ふいに、ぎゅっと力強く抱きしめ直された。

「光輝？」

「睦月……好きや。大好きや」

切羽詰まったような、告白だった。その声色の変化にドキッとしたと同時に、何だか不安になる。

「……何、突然？」

「うん。何か、言いたなっただけ」

へへっ、と笑う光輝は、もういつもの空気を取り戻していた。

私は言いようのない不安に襲われて、光輝の体をしっかりと抱きしめた。まるで光輝がここからいなくなってしまうような気がしたから。

「私も……光輝が好き。大好きだよ。だからお願い、二年後の」

「うん、わかったから」

私の訴えを遮って、ぽんぽんと私の頭を撫でてくる。ほとんど埋まったままの距離は、嬉しくて恥ずかしくて、心地いい。

そっと顔を上げると、光輝の顔が近づいてきていた。自然と、目を閉じる。

永遠みたいな数秒間。光輝からの優しいキスを、受け止める。

ゆっくりと唇が離れて、その気配と同時に目を開く。幸福感が体中を巡っていくのを感じる。

光輝も同じ気持ちでいてくれるだろうか。そう思いながら彼を見ると……なぜか、彼の表情は曇って見えた。

「光輝……？」

また、不安が大きくなる。どうして光輝はこんな顔をしているんだろう。今の私たちは、これ以上ないほど満たされているはずなのに。

「睦月、思い出して」

「え？」

「約束したやろ？　さかき坂の山の、『ひみつきち』のこと……」

耳に残ったのは、そこまでだった。これまでにないスピードで、世界が揺れて、立っていられなくなって……意識を、手放した。

「ん……」

目が覚めると、見覚えのある天井が一番に目に入った。ここは……自分の部屋の、ベッド？

さっきまでの記憶と繋がった瞬間、飛び起きていた。

今私がここにいるってことは、もう過去への旅は終わったということ。

最後の金平糖では高校の卒業式に飛んだ。私にとって最大の後悔を消すことができた。光輝から嬉しい約束と言葉をもらった。幸せなキスも、二年後の一月八日の注意も、約束のヒントも……。

居ても立ってもいられなくて、部屋を飛び出して急いで階段を下りる。私の勢いに驚いた顔をしている母に、今朝と同じ質問をぶつけた。

「光輝のっ！　葬儀の返礼品だったお茶って、ある!?」

「え、どうしたの、急に……？」

「いいから答えて！　光輝の葬儀は!?　あったの!?」

母の肩をつかんで、力いっぱい揺さぶった。されるがままになっている母は、泣きそうな顔にも見える。

「葬儀は……一緒に行ったじゃない。忘れたの？」

「………」

ぴたり、母を揺すっていた手が止まった。

葬儀は、あった。一緒に、行った。それが意味するのは。

「睦月、大丈夫？　何だかこのところ、変よ……？」

「………」

「睦月……？」

心配そうに、私を見つめる母から手を離して、ふらふらと二階に上がっていく。足元が不安定だ。自分でそう思うくらいだから、端から見たらもっとだろう。

「睦月！　危ない！」

母の悲鳴が聞こえた瞬間、ずるっと、一段踏み外した。でも咄嗟に手すりをつかんだおかげで、落ちることはなかった。階下から安堵の声が聞こえる。

「睦月、待って。危ないわ、お母さんも一緒に行くから」

「……大丈夫」

駆け上がってくる母を待たずに、一歩一歩足を進めて、部屋に閉じこもった。

二度と会えるはずのなかった彼に、七回も会えた奇跡。それだけで十分だ……なんて、思えない。

もっと話をしたかった。もっと触れていたかった。もっとそばにいたかった。

どれだけ望んでも、もう叶わない。私を置いて遠くへ行ってしまった彼には、この思いも届かない。

どうしてだろう。卒業式の日、彼にちゃんとメッセージを渡せたのに。あのノートが、私と光輝の未来を繫いでくれるはずだったのに……。

『光輝へ

これを読んでくれている今は、高校を卒業してから二年が経っていると思います。

信じられないかもしれないけれど、私はその二年後の、二十歳の睦月です。光輝にこのノートを渡したのは十八歳の私だったと思うけれど、中身は二十歳の私なの。意味がわからないよね。でも、どうしても光輝に伝えたいことがあって、こうやって手紙を書いています。

光輝、お願いがあります。一月八日は、外出しないでください。とくに、さかき坂小学校の方には行かないで。

私にとって光輝より大事なものはありません。だからどうか、私のお願いを聞いてください。

今の光輝は、どんな感じなのかな。大人になった光輝に早く会いたいです。成人式、楽しみにしているからね。

睦月』

はっきりと『光輝が死んでしまう』とは書けなかった。けれどあの時、ちゃんと指切りをした。口約束よりも強固なお願いになっているはずだ。

未来の私からのメッセージなんて突拍子もないことでも、光輝なら絶対に読んでくれる。受け止めてくれる。そう信じていた。なのに。

どうしたって、彼は死んでしまうのなら。

結局、過去をどれだけやり直しても、未来は何も、変わらないじゃないか。

全身から力が抜けていく。虚無感って、こういうことを言うのかな。絶望のなかで、光輝の言葉が勝手に再生されていた。

『これ、もらってくれへん？』

『睦月、好きやったよな？　金平糖』

『一日一粒食べて、俺のこと思い出して』

『二人ずっと一緒にいられるように、お願いしながら』

『約束しようと思って』

『このビンが空になる前に、会いに行くって』

『睦月と離れるんは、正直寂しい。ずっとそばにおってやりたいって、今でも思う』

『でも、俺も睦月も、一人で頑張ることを覚えなあかんってことなんやと思う』

『たぶん、会えないのってかなりキツいと思うけど、それは俺も一緒やから』

『こうやって金平糖とか、約束があったら頑張れるかなって思って』

『二年後って、俺らも二十歳やな』

『睦月の二十歳の誕生日には、大人になったらって言ってたあの約束も叶えるから。楽しみにしとって』


そこで、頭のなかで何かが弾けた。視界が開けていくみたいに、脳が回転を始める。

光輝が言った『約束』。それはきっと、金平糖とともに贈られた手紙のなかにあった『約束』のことだ。最後に彼が残した言葉は……。


『睦月、思い出して』

『約束したやろ？　さかき坂の山の、〝ひみつきち〟のこと……』


駄目押しのように、光輝の声が頭のなかで響く。考えるより先に、体が動いていた。

空になったビンを握りしめ、ソファにかけていた上着を引っつかんで部屋を飛び出す。

階段近くにいた母の横をすり抜けて、靴を履いて家のドアを勢いよく開いた。

「睦月!?　どこに行くの!?」

背中に投げられた母の質問に、私は自然と叫んでいた。

「『ひみつきち』！」

後はもう、振り返らなかった。まっすぐ前を見て、進むだけだ。


中央公園を抜けて、地下道を通り、小学校とは反対方向の道を進む。日が傾いているのを見て、もう夕方になっていたことに気がつく。

道をおさらいしておいてよかった。昔とは見えていた景色が違うから、数日前にもう一度歩いていなければ、自信が持てなかったかもしれない。

山の麓の小さな公園の植え込みから、踏みならされた通路を通る。ほとんど土砂崩れのように見える上り坂を躊躇なく登った。土が手につこうが汚れようが何だろうが、関係なかった。『睦月！　頑張れ！』と励ましてくれた彼は、上にいない。それでも私は記憶に導かれるように進んだ。

進むにつれて、道は細くなっていく。足元を確認しながら歩くうちにハッとした。少し前に、誰かが通った痕跡が残っていたからだ。

どきりとして、思わず足が止まる。子どもじゃない。この足跡の大きさは、大人のものだ。

これがもし、光輝のものだったとしたら……！

逸る気持ちを抑えられず、私は走り出した。あの頃にはできなかったことが今はできる。

『道細いし滑りやすいねん。危ないから、気ぃつけてな！』と励ましてくれた頼もしい背中はもうなくても、私はこんなにも自由に動ける。あの頃の光輝に見て欲しいくらいに。

枯れ落ちた葉が重なる道のなかで、地面が見える場所がちらほらある。彼が歩いた時にはぬかるんでいたんだろう。『合っているよ』と言われているみたいに、土に残った足跡はより鮮明になっていった。彼の背中を追うかのように……前へ、前へと進む。

見覚えのある場所に出た。山肌から、少しだけ浮き出たように見える緑のカーテン。今は少し茶色が交ざっているけれど……それでもここに違いない。光輝が残した、『約束』の場所は。

がさがさと、葉っぱをよけてその洞窟のような穴のなかへと入る。薄暗いけれど真っ暗闇ではないようで、次第に目が慣れていく。ふと、土壁の一部の岩肌に、チョークか何かで目立つように『ON！』と書かれた文字と矢印が目に入った。導かれるように矢印をたどると、すぐ横によくわからないボタンが見える。

恐るおそる、それに触れる。カチッとボタンを押すとヴヴーンと何かが唸るような音がして、驚きのあまりビクッと体が震えた。

その瞬間……暗い土壁の洞窟でしかなかったはずの『ひみつきち』に、光が溢れた。

『こうきくんは星って見たことある？』

『もちろんあるよ。さかき坂は星がキレイやって父さんが言うてたし』

『そっかあ、いいなあ。むつき、見たことないの。こっちではずっと病院だし。いつか見てみたいなあ』

『そっかあ……わかった！　じゃあ約束しよ！』

『えっ？　何を？』

『大人になったら、〝ひみつきち〟をキレイな星空にして、むつきにあげるわ！』

　幼い二人の声が聞こえた気がした。そして同時に、指切りした感触まで甦ってくる。

　ああ……そうだ。

　たしかに『約束』した。どうして忘れていたんだろう。子ども同士の他愛ない話でも、私たちにとって指切りの約束は特別だったのに。

　これは、何だろう。スイッチを押すと同時に、無数のＬＥＤとそれに反射して輝くガラスの欠片、そして蛍光塗料が岩肌全体に浮かび上がった。疑似プラネタリウムとでも言えばいいだろうか。たくさんの光と輝きで彩られた『ひみつきち』は、これまで見たことのない世界に様変わりしていた。

　光輝がくれた綺麗な『星空』。

　眩いほどキラキラしていて、まるで宇宙のなかにいるみたいだ。温かい光が、優しく私を包み込んでくれているかのよう。

　光輝は、指切りした約束は絶対に守ってくれる人だった。たとえそれを、私が忘れていても。

律儀な彼がこの大きな洞窟を飾り付けている姿が目に浮かぶ。大人になったらと言ったから、私の二十歳の誕生日を待ってくれたのだろう。私を驚かせようと、喜ばせようと……その一心でこうして……。

じわりと滲む視界のなかで、ふいに、柔らかい風とともに声が聞こえる。

『誕生日おめでとう、睦月』

彼の声だ。幻だ、きっと。わかっている。

でも光輝が作り上げた私だけの星空のなかにいると、まるで彼が今もそばにいてくれるみたいに感じて……涙が止まらない。

どうして彼が亡くなる時、小学校の近くにいたのか。その答えがここにあった。

きっと彼は、この仕掛けを作り上げた帰りに事故に遭ったんだろう。目の前で困っている人がいたら助けずにはいられない彼。考えるより先に体が動いてしまったのかもしれない。

そんな彼を誇らしいと思う。誰にでもできることじゃない、彼らしいと心から思う。それでも。

『睦月……好きや。大好きや』

なぜか突然、光輝の告白が聞こえた。胸に響いて、離れない。そんな響きで。

気づけば、私は大声で泣いていた。

「……どうして……っ！」

私だって、約束したのに。一月八日は外に出ないでって。わかったって言ってくれたのに。ずっとそばにいてくれるって。指切りだってしたのに。それなのにどうして今ここに、いてくれないの。

カサ、と軽い音がする。何かで揺れた紙の音。

導かれるように顔を上げると、さっきのＯＮボタンの横にそっと置かれた封筒が見えた。私に送られてきた金平糖の小包に入っていたのと同じものだ。

震える指を伸ばし、手に取って開く。そこにはあの頃と変わらない、懐かしい彼の文字が躍っていた。

『睦月へ

誕生日おめでとう。それから、ここに来てくれてありがとう。本当に嬉しいです。

睦月のための星空、気に入ってくれたかな。

指切りしたから、ちゃんと二十歳の睦月からのメッセージは読んだんやけど……言うこと聞けなくてごめん。

睦月の二十歳の誕生日をこうして祝うことが、俺にとって最優先やったから。わかったって言うて嘘ついた分は、あとでちゃんと謝るから、許してな。

大人になった睦月が、幸せで笑ってくれていますように。

光輝』

「う、あぁっ……！　あああ……っ！」

ぶわっと、溢れる涙と嗚咽が光輝がくれた星空いっぱいに響き渡る。

光輝は、指切りの約束を守ってあのメッセージを読んでくれていた。私の意味不明なお願いも全部、受け止めてくれていた。そのうえで、私のためにこの場所を作ってくれていた……。

手紙を抱いて、へたり込んだ。顔を上げると光輝が私に贈ってくれた星空が、滲みながらも輝いている。キラキラ、キラキラ。まるで光輝の瞳のように。そして彼の想いのように。

私にとっての一番は、光輝が生きていてくれることだったんだよ。それなのに……こんなに素敵な場所だけ残して、いなくなるなんて。

せめて、もう一度会いたかった。

言ってないことがたくさんある。聞きたいことだってもっとあるよ。光輝がいないと幸せに笑うなんてできない。わかるでしょ？

握りしめたままだった空のビンに、額をつける。涙を止められないまま、強く願った。

私を過去へと運んでくれるほどの力がここにあるのなら、どうかもう一度だけ……彼に会わせて。

一月三十日

？粒目

「睦月ーっ!」

遠くから、私を呼ぶ声がする。振り返ってその姿を確認すると、同じグループの友達だとわかった。

「久しぶりだねー。元気してた？」

「うん。そっちも元気そうだね」

「元気なんだけど、試験がさあ……。この後彼氏と勉強するんだけど……全然はかどりそうにないよー」

「あはは」

いつも通り明るい彼女に、私も同じように笑った。

「睦月は？　最近何か気合い入ってるよね？」

「うーん、まあね。ちょっと出遅れたけど、せっかく入学したんだし、ちゃんと頑張ろうかなって」

「わあ、えらーい！」

感心したように言う彼女の素直な反応に、思わずふっと笑みが漏れた。

「あっそーだ、地元、どうだった？」

実家に帰ると以前話したことを思い出したのか、彼女はそう尋ねてきた。私はその問いに、にっこり笑った。

「うん。いろいろ、あったよ」

ええー、と彼女は不満そうな声を上げる。

「なーに、いろいろって！　意味深！」

「いろいろは、いろいろ。あ、でもね」

「ん？」

「会いたい人に、会えたよ」

にっこり笑ってそう言うと、彼女の方も「そっか！」と笑顔で返してくれた。

会いたくても会えないはずの彼に会えた。私の帰省は、その一言に尽きる。


『ひみつきち』の『約束』を見つけたあの日。

あの洞窟のなかでどのくらい時間が経ったかわからなくなるほど、祈った。祈り続けた。

光輝に会いたい。声を聞きたい。どうしてこうなってしまったのか知りたい。もう一度チャンスが欲しい。私たちの時間をやり直したい。今度こそ正しく彼にたどり着くから。

……でも、駄目だった。どれだけ祈っても、目を開いた私の瞳に映るのは、彼がくれた綺麗な星空だけ。

そううまく奇跡は起こってくれないらしい。今度こそ絶望に呑まれるかと思っていたところを助けてくれたのは、やっぱり、光輝だった。

両親が準備してくれていた誕生日祝いをパスして、握りしめた手紙とともに泣き疲れて眠ったあの夜。

光輝が、会いに来てくれた。

「睦月、ありがとうな。約束、思い出してくれて」

大人になった姿の光輝が目の前に現れて、そう言ってはにかんだ。

私は夢だとわかっていて、彼にしがみついた。二度と放さないと、伝えるかのように。

私の様子に戸惑うことなく、光輝は私を優しく包み込んでくれた。彼の腕のなかにいる。

嬉しい。

けれどこれは夢だ。幸せなはずなのにどこか切なくて、鼻の奥がツンとした。

光輝は私を受け止めたままで語り出す。

「あのおまじない、けっこう効果あったんやな」

「……金平糖の？」

「うん。子どもの頃のやつも叶ったし」

光輝が笑った気配がした。思わず顔を上げると、彼は私の頭を撫でてこう言った。

「あの時は、こう願っててん。『睦月とした指切りの約束、全部叶えられますように』って」

「っ……」

喉の奥が引き攣る。あんなに幼かったあの頃から、こうなってしまった今でもずっと。

光輝は何も変わらない。いつもいつでも、私のことばかりだ。

「睦月、泣かんといて」

「っ、光輝の、せいだよっ……！」

あなたがどこまでも私に優しいから。私のためにしてくれることを厭わないから。

約束なんてすっかり忘れていた薄情な私なんかのために、あんな素敵なプレゼントまで用意してくれて……！

「私だって、願ったのにっ！　光輝と一緒に、ずっと一緒にいたいって……！」

なのにそれは叶わない。ぎゅっと彼の服を握って、苦しさを吐き出す。

どうしてだろう。光輝の望みと私の望みは、いったい何が違うっていうんだろう。

後悔していた過去をやり直しても、彼に会える未来は手に入らなかった。

あの頃より少しは変われたはずの私は、それでもまだ泣き虫で甘えた人間だから？　奇跡を起こすだけの力が、ないんだろうか。

「睦月……ずっと一緒っていう約束、守れんくて、ごめんな」

優しい光輝の声に、私はぶんぶん頭を振った。

「っ、私もっ……卒業式の時……っ、嘘、ついて……ごめんなさい……っ！」

嗚咽に邪魔され、切れ切れになりながらも謝ると、光輝はふっと笑う。

「気にせんでええって。むしろ、嘘でよかったわ。睦月が俺のこと嫌いになったんやなくてホッとした」

「そんなっ……そんなわけない！　光輝のことっ……今まで一度だって嫌ったことなんて……！」

「うん、ありがとう。俺もやで」

ぼろぼろと零れる涙を、光輝が拭ってくれる。その指先からぬくもりは、感じられなかった。

ああ、やっぱり夢なんだ。そう思うと同時に、もう一生、この先二度と、光輝には会えない。そんな予感が胸を覆い尽くしていく。

嫌だ。嫌だよ。光輝のそばにいたいのに。ずっと一緒にいたいのに。離れたく、ないのに。

私の心のなかは、彼にお見通しなんだろうか。少しだけ困ったように眉を下げて、光輝は私の頭を撫でる。

「なあ睦月」

「……何？」

「睦月にあげた金平糖にもな、願かけしててん」

「……え……？」

「『もう一度、睦月に会えますように』『睦月の心が穏やかでいられますように』って。叶って、よかった」

言われてハッとする。

私が、抱えていたさまざまなことを、思い出せたのは。後悔や心苦しさを消すことができたのは。こうしてあげればよかったと思うことをやり直せたのは。

……全部、七粒の金平糖で過去に遡ったおかげだ。もしかして、光輝が願ってくれたからだったの？

それすらもおまじないがくれた奇跡だったんだろうか。

光輝は、にこっと笑ったつもりだったんだろう。でも、私の目に映る表情は、泣き出しそうだ。

それが何を意味するのか、言われなくても理解してしまう。

――これが、最後だと。

「この七日間、俺のワガママに付き合ってくれて、ありがとう」

「え？」

「最後にもう一つ、ワガママ言わせてな」

「光輝……？」

光輝にしがみついていた私の手を離して、彼は自分の小指に私の小指を絡めた。

「睦月。東京で頑張って、自分の夢、叶えてな。俺はずっと睦月のこと、見守ってるから」

「光輝っ……」

「指切りげんまん、嘘ついたら針千本飲ーます。指切った」

有無を言わさず指切りをして、光輝はそのまま私の両手を取った。ゆっくりと光輝の顔が近づいてきて、額と額が触れ合った。

「睦月、大好きや。だから絶対、幸せになってな」

「私も、光輝が好きだよ。大好きだよ……！」

あの頃は恥ずかしくってとてもストレートには言えなかった本音が、口からまっすぐに飛び出した。

光輝に届いたかは、わからない。その時には光輝の唇が、私のそれに触れていたから。

じわりと、唇の熱を残したまま……私の最愛の彼は、光とともに溶けて消えた。

＊

「なーに？　何か思い出してる？」

隣で私の様子をうかがっていた友達が、首をかしげる。自分の世界に入っていたことに気がついて、苦笑いで返した。

「うん、ちょっとね」

「何それ気になるー！」

目を細めた彼女の向こう側で、手を振る人が見えた。私は笑いながら、そちらを指差す。

「ほら、彼氏呼んでるよ。大丈夫？」

「ああっ、そうだった！　じゃあね、また！」

ばいばーいっ、と大きく手を振る彼女を見送ると、私も自分の行き先へと方向転換した。

東京に戻ってきて、数週間が過ぎた。その間、友達に『気合いが入っている』と言われるくらいには、勉強に集中する日々を送っていた。

あの日、夢から覚めた後で、私は自分が泣いていることに気がついた。そしてその涙の跡が、途中で途切れていることも。

光輝が……私の涙を拭ってくれたのかな。

なんて、ありえないことを想像して、でも、と思う。過去に戻ってやり直したなんて、そっちの方が奇跡だ。これくらいのことは起こりうるのかもしれない、って。

『頑張って、自分の夢、叶えてな』

光輝の最後の願かけは、私のためのものだった。

私を信じて、そう指切りしてくれた彼に、顔向けできないようなことはしたくない。

だって光輝は、これからもずっと見守ってくれているんだから。

大学構内を抜けるかどうかのところで、スマホが鳴った。鞄のなかからそれを取り出す。

「もしもし睦月？」

「ルミちゃん、どうしたの？」

岩下ルミだ。成人式で連絡先を交換して以来、大学も違うのにこうしてちょくちょく電話やメッセージをやりとりするようになっていた。

過去の苦手意識は消え去り、今では一番と言っていいほど連絡を取り合っている。

岩下ルミと交わすのは、とりとめもない話だ。学校の話や日常のこと、彼女の恋愛話をすることもあるし、同級生の誰かに会ったとか、天河で何か面白いことがあったとか、地元トークもよくしている。

高校卒業と同時に逃げるように飛び出した地元の話をこうして聞けるのが、今は嬉しかった。これも、光輝がくれた素敵な変化かもしれない。

「あのさ、ずっと気になっててんけど……睦月さあ、成人式のときに、光輝に会えるかもとか言うてたやん？　あれ、何やったん？」

「ああ……」

言われてみれば、そんなことを言った気がする。過去をやり直して、光輝が生きている未来をつくることができるかもしれない。彼女の言動から希望が見えて、うっかり口を滑らせたんだった。

少しだけ切なく疼く胸の痛みを隠して、私はできるだけ明るく答えた。

「ごめんね、忘れて」

「はあ？」

間の抜けた声には、苛立ちが少しだけ滲んで聞こえる。それでも私は怯まずに言った。

「本当にごめん。……でもね、会えたんだよ。全部、ちゃんと思い出せたし」

「ん？　ちょっと何言うてるんか、わからんねんけど」

「あははっ。そうだよね、ごめん」

今度は本気で疑問の声が返ってきて、思わず笑ってしまった。岩下ルミの方も気が抜けたのか、『睦月は時々意味わからんこと言うからなあ』と呆れたように言う。

「まあええわ。今度こっち帰ってくるとき教えてな。同窓会しようや。光輝の話、聞きたいって言ってたやろ？」

「うん。みんなが見てた光輝のこと、もっと知りたい」

「りょーかい。任せといて。ほな、お互い試験頑張ろな。またメッセージ送るわ」

「うん、わかった。またね」

電話を切って、空を見上げた。光輝がくれた星空と違って、白い雲と青い空のコントラストが眩しい。

私が光輝を思う限り、光輝は存在する。生きているのと、同じように。

高校の卒業式で担任が言っていたことが、今、実感として私のなかにあった。

それは岩下ルミとの会話でも感じることができた。そこにいなくても、光輝はいる。私のなかにも、そして岩下ルミのなかにも、彼と接してきたすべての人のなかに光輝は存在している。

だからもっと、彼のことを知りたいと思う。私の知らない光輝を知っている人たちと、彼の話がしたい。

岩下ルミもそう思っていたんだろう。何気なく話したことを、ちゃんと覚えていて同窓会を手配してくれるくらいだ。もう何年も会っていない人たちと会うなんて緊張してしまうけれど、そこでどんな光輝に出会えるのか想像すると、力が湧いてくる。

光輝とした最後の『約束』は、私にしか叶えられない。そして叶えるまでずっと消えずに残り続ける。光輝の存在とともに、ずっと。

私は鞄のなかから小さなビンを取り出した。カラフルな金平糖が半分ほど詰まっている。

光輝がくれたものがなくなった後も、自分で補充しておまじないを続けている。

もう一度光輝に会いたい、なんて願いは叶わない。けれど、私と光輝がした指切りの約束が叶うことを願って、私は毎日一粒、口に入れて祈っている。

自分の努力次第だから、ただのお守りみたいなものだけれど。この金平糖のビンは、私にとってなくてはならないものになっている。

光輝から贈られた七粒の金平糖がくれた不思議な時間は、私のなかに息づいている。

嘘や後悔だけを残したまま、離れずに済んでよかった。

彼と交わした一言ひとことが、深く胸に刻み込まれている。そして時折、彼がくれた星空のように、キラキラ輝いて助言をくれるんだ。

さかき坂での一週間を過ごしたことで、私のなかには新たな夢が芽生えていた。

いつか、この不思議な体験を物語にしよう。光輝と私の物語を、たくさんの人に読んでもらうんだ。そして彼のことを、他の誰かの胸のなかにも残したい。

「……見ていてね、光輝」

空に向かって呟いて、私は前を向いて歩き出した。

僕と君の最後の7日間
こんぺいとうと星空の約束

松崎真帆

2024年6月5日初版発行

発行者……加藤裕樹
発行所……株式会社ポプラ社
〒141-8210 東京都品川区西五反田3-5-8
JR目黒MARCビル12階

フォーマットデザイン　荻窪裕司(design clopper)
組版・校閲　株式会社鷗来堂
印刷・製本　中央精版印刷株式会社

ポプラ文庫ピュアフル

みなさまからの感想をお待ちしております

本の感想やご意見を
ぜひお寄せください。
いただいた感想は著者に
お伝えいたします。

ご協力いただいた方には、ポプラ社からの新刊や
イベント情報など、最新情報のご案内をお送りします。

ホームページ　www.poplar.co.jp

N.D.C.913/302p/15cm
ISBN978-4-591-18203-1
P8111380

本書は書き下ろしです。

四獣封地伝
落陽の姫は後宮に返り咲く
唐澤和希

2023年6月5日初版発行

発行者……………千葉 均
発行所……………株式会社ポプラ社
〒102-8519 東京都千代田区麴町4-2-6

フォーマットデザイン 荻窪裕司(design clopper)
組版・校閲 株式会社鷗来堂
印刷・製本 中央精版印刷株式会社

落丁・乱丁本はお取り替えいたします。

電話(0120-666-553)または、ホームページ(www.poplar.co.jp)のお問い合わせ一覧よりご連絡ください。
※電話の受付時間は、月~金曜日、10時~17時です(祝日・休日は除く)。

ポプラ文庫ピュアフル

ホームページ www.poplar.co.jp

N.D.C.913/303p/15cm
ISBN978-4-591-17812-6
P8111356